Translated Language Learning

Les Aventures d'Alice au Pays des Merveilles

Liisan Seikkailut Ihmemaassa

Lewis Carroll

Français / Suomi

Dans le Terrier du Lapin
Kanin reikään

Alice commençait à être très fatiguée
Liisa alkoi olla hyvin väsynyt
Elle était assise à côté de sa sœur sur le talus d'herbe
Hän istui sisarensa vieressä nurmikolla
Mais elle n'avait rien à faire
Mutta hänellä ei ollut mitään tekemistä
Sa sœur lisait un livre
Hänen sisarensa luki kirjaa
une ou deux fois, Alice jeta un coup d'œil dans le livre
kerran tai kaksi Liisa kurkisti kirjaan
Mais le livre ne contenait ni images ni conversations
Mutta kirjassa ei ollut kuvia tai keskusteluja
« À quoi sert un livre sans images ? » pensa Alice
"Mitä hyötyä on kirjasta ilman kuvia?", ajatteli Liisa
« Pourquoi un livre n'aurait-il pas de conversations ? »
"Miksi kirjassa ei olisi keskusteluja?"

Mais elle avait d'autres choses à considérer
Mutta hänellä oli muita asioita harkittavana
« Faire une chaîne de marguerites serait un plaisir »
"Päivänkakkaraketjun tekeminen olisi ilo"
« Mais cela vaut-il la peine de se lever et de cueillir les marguerites ?? »
"Mutta onko vaivan arvoista nousta ylös ja poimia koiranputkea??"
Ce n'était pas si facile d'y penser
Tätä ei ollut niin helppo ajatella
parce que la journée la rendait somnolente et stupide
Koska päivä sai hänet tuntemaan olonsa uneliaaksi ja tyhmäksi
Mais soudain, ses pensées s'interrompirent
Mutta yhtäkkiä hänen ajatuksensa keskeytyivät
un lapin blanc aux yeux roses courait près d'elle
valkoinen kani, jolla oli vaaleanpunaiset silmät, juoksi hänen lähellään

Il n'y avait rien de trop remarquable chez le lapin
Kanissa ei ollut mitään liian merkittävää
et Alice ne trouvait pas non plus le lapin remarquable
eikä Liisa pitänyt kaniakaan merkittävänä
elle ne s'étonna pas non plus quand le Lapin parla
eikä häntä yllättänyt, kun Kani puhui
« Oh mon Dieu ! Je serai trop tard ! se dit-il
"Voi rakas! Minä myöhästyn liian myöhään!" sanoi hän itsekseen
mais alors le Lapin a fait quelque chose que les lapins n'ont pas fait
mutta sitten kani teki jotain, mitä kanit eivät tehneet
le Lapin tira une montre de la poche de son gilet
Kani otti kellon liivitaskustaan
Il regarda l'heure puis se hâta
Hän katsoi aikaa ja kiiruhti sitten eteenpäin
Alice se leva, stupéfaite
Liisa nousi hämmästyneenä jaloilleen
Elle n'avait jamais vu un lapin avec un gilet auparavant !
Hän ei ollut koskaan ennen nähnyt kania, jolla oli liivi!
elle n'avait jamais vu non plus de lapin avec une montre !
eikä hän ollut koskaan nähnyt kania kellon kanssa!
Alice brûlait d'une nouvelle curiosité
Liisa paloi uudesta uteliaisuudesta
et elle courut à travers le champ après le Lapin
ja hän juoksi pellon poikki Kanin perässä
Elle était juste à temps pour voir le lapin disparaître
Hän oli juuri ajoissa nähdäkseen kanin katoavan
Le lapin sauta dans un grand terrier de lapin
Kani hyppäsi alas suureen kaninkoloon
Un instant plus tard, Alice s'est mise à courir après le lapin !
Toisessa hetkessä alas meni Liisa jäniksen perään!
Le terrier du lapin continuait tout droit comme un tunnel
Kaninkolo meni suoraan eteenpäin kuin tunneli
Et le tunnel a continué à avancer sur une certaine distance
ja tunneli jatkui jonkin matkaa
Et puis le chemin s'est soudainement incliné

ja sitten polku yhtäkkiä putosi alas
Alice n'eut pas un instant pour songer à s'arrêter
Liisalla ei ollut hetkeäkään aikaa ajatella itsensä pysäyttämistä
Elle s'est retrouvée à tomber et à tomber
Hän huomasi kaatuvansa alas ja alas ja alas
Il semblait qu'elle était tombée dans un puits très profond
Näytti siltä kuin hän olisi pudonnut hyvin syvään kaivoon
Ou le puits était très profond, ou bien elle tombait très lentement
Joko kaivo oli hyvin syvä tai hän putosi hyvin hitaasti
parce qu'elle avait tout le temps de tomber
koska hänellä oli runsaasti aikaa pudota
alors qu'elle tombait, elle pouvait regarder tout autour d'elle
Kun hän kaatui, hän pystyi katsomaan ympärilleen
D'abord, elle a essayé de comprendre où elle allait
Ensin hän yritti selvittää, minne hän oli menossa
mais le puits était trop sombre pour voir quoi que ce soit
mutta kaivo oli liian pimeä nähdäkseen mitään
Puis elle regarda les côtés du puits
Sitten hän katsoi kaivon reunoja
Et elle remarqua qu'il y avait des placards tout autour d'elle
Ja hän huomasi, että hänen ympärillään oli kaappeja
et tout autour du puits il y avait des étagères de livres
ja kaikkialla kaivon ympärillä oli kirjahyllyjä
Çà et là, elle voyait des cartes et des tableaux accrochés à des piquets
Siellä täällä hän näki karttoja ja kuvia, jotka oli ripustettu tappeihin
En passant, elle prit un bocal sur l'une des étagères
Hän otti purkin yhdeltä hyllyltä kulkiessaan ohi
Le pot a été étiqueté pour son contenu
Purkki oli merkitty sen sisällön vuoksi
« MARMELADE D'ORANGES »
"APPELSIINEISTA VALMISTETTU MARMELADI"
Mais, à sa grande déception, le pot de marmelade était vide
Mutta hänen suureksi pettymyksekseen marmeladipurkki oli tyhjä

Elle ne voulait pas laisser tomber le pot de marmelade vide
Hän ei halunnut pudottaa tyhjää marmeladipurkkia
et sa chute fut très lente
ja hänen putoamisensa oli hyvin hidasta
Elle a donc réussi à mettre le pot de marmelade dans l'un des placards
Joten hän onnistui laittamaan marmeladipurkin yhteen kaapeista
Tombée, descendue, tombée !
Alas, alas, alas hän putoaa!
La chute prendrait-elle fin ?
Loppuisiko lankeemus koskaan?
Il n'y avait rien d'autre à faire
Ei ollut muuta tekemistä
alors Alice commença bientôt à se parler à elle-même
niin Liisa alkoi pian puhua itsekseen
« Je vais beaucoup manquer à Dinah ce soir, je pense ! »
"Dinah kaipaa minua kovasti tänä iltana, luulisin!"
Dinah était le chat d'Alice
Dinah oli Liisan kissa
« J'espère qu'ils se souviendront de sa soucoupe de lait à l'heure du thé »
"Toivon, että he muistavat hänen maitolautasensa teeaikaan"
« Dinah, ma chère, je voudrais que tu sois ici avec moi ! »
"Dinah, rakas, toivon, että olisit täällä kanssani!"
Alice sentit qu'elle s'assoupissait
Liisa tunsi torkahtavansa
Et puis soudain, bruit sourd ! bourrade!
Ja sitten yhtäkkiä, tönäisy! jyskyttää!
Elle tomba sur un tas de bâtons
alas hän putosi keppikasaan
et elle atterrit sur un tas de feuilles sèches
ja hän laskeutui kasaan kuivia lehtiä
et enfin la longue chute dans le trou était terminée
ja lopulta pitkä pudotus kuoppaan oli ohi
Alice n'était pas du tout blessée
Liisa ei ollut vähääkään loukkaantunut

Et elle se leva d'un bond au bout d'un instant
ja hän hyppäsi ylös hetkessä
Elle leva les yeux, mais il faisait noir au-dessus de sa tête
Hän katsahti ylös, mutta yläpuolella oli pimeää
Devant elle se trouvait un autre long couloir
Hänen edessään oli toinen pitkä käytävä
et le Lapin Blanc était toujours en vue
ja valkoinen kani oli vielä näkyvissä
Il se hâtait dans le couloir
Hän kiiruhti käytävää pitkin
Il n'y avait pas un instant à perdre
Ei ollut hetkeäkään hukattavana
Alice s'enfuit comme le vent
pois juoksi Liisa kuin tuuli
Au coin de la rue, le lapin s'est retourné
kulman takana kääntyi kani
Elle était juste à temps pour entendre le lapin
Hän oli juuri ajoissa kuulemassa kania
« "Oh, mes oreilles et mes moustaches »
"Voi, korvani ja viikseni"
« Comme il est tard ! »
"Kuinka myöhään se tulee!"
Elle était tout près derrière le lapin
Hän oli lähellä kanin takana
Elle tourna au détour d'un autre coin
Hän kääntyi toisen kulman taakse
mais le Lapin n'était plus visible
mutta Kania ei enää näkynyt
Elle se retrouva dans une longue salle basse
Hän löysi itsensä pitkästä, matalasta salista
La salle était éclairée par une rangée de plafonniers
Salia valaisi rivi kattovalaisimia
Il y avait des portes tout autour de la salle
Ovia oli ympäri salia
mais toutes les portes étaient fermées à clé
Mutta kaikki ovet olivat lukossa
Elle marcha tout le long d'un côté de la salle

Hän käveli koko matkan salin toista puolta pitkin
et elle avait fait tout le chemin de l'autre côté de la salle
ja hän oli kävellyt koko matkan salin toiselle puolelle
Elle avait essayé toutes les portes
Hän oli kokeillut jokaista ovea
et elle marchait tristement au milieu de la salle
ja hän käveli surullisena keskellä salia
« Comment vais-je jamais en sortir ? »
"Kuinka pääsen enää koskaan ulos?"

Tout à coup, elle tomba sur une petite table
Yhtäkkiä hän tuli pienelle pöydälle
La table était entièrement en verre massif
Pöytä oli valmistettu kokonaan kiinteästä lasista
Il n'y avait rien sur la table à part une petite clé dorée
Pöydällä ei ollut muuta kuin pieni kultainen avain
La clé pourrait appartenir à l'une des portes !

Avain saattaa kuulua johonkin ovista!
Mais, hélas ! Certaines serrures étaient trop grandes pour les clés
Mutta valitettavasti! Osa lukoista oli liian suuria avaimille
et pour les autres serrures, la clé était trop petite
ja muille lukoille avain oli liian pieni
mais, en tout cas, la clef n'ouvrit aucune des portes
Mutta joka tapauksessa avain ei avannut mitään ovista
Mais que devait-elle faire ?
Mutta mitä hänen piti tehdä?
Elle traversa de nouveau le couloir
Hän meni salin läpi uudelleen
et cette fois, elle remarqua un rideau bas
Ja tällä kertaa hän huomasi matalan verhon
Derrière le rideau se trouvait une petite porte
Verhon takana oli pieni ovi
La porte avait une quinzaine de pouces de haut
ovi oli noin viisitoista tuumaa korkea
Elle essaya la petite clé dorée dans la serrure
Hän kokeili pientä kultaista avainta lukossa
Et à sa grande joie, la clé s'est glissée dans la serrure !
Ja hänen suureksi ilokseen avain mahtui lukkoon!
Alice ouvrit la porte
Liisa avasi oven
et elle trouva la porte qui donnait sur un petit couloir
ja hän huomasi, että ovi johti pieneen käytävään
Le couloir n'était pas beaucoup plus grand qu'un trou à rats
Käytävä ei ollut paljon suurempi kuin rotanreikä
Elle s'agenouilla et regarda le long du couloir
Hän polvistui ja katsoi käytävää pitkin
et elle a vu le plus beau jardin que vous ayez jamais vu
ja hän näki ihanimman puutarhan, jonka olet koskaan nähnyt
comme elle avait envie de sortir de cette salle sombre
kuinka hän kaipasi päästä pois tuosta pimeästä salista
comme elle voulait se promener parmi ces fleurs lumineuses
Kuinka hän halusi vaeltaa noiden kirkkaiden kukkien keskellä
Comme ces fontaines avaient l'air cool et rafraîchissantes

Kuinka siistiltä, virkistävältä nuo suihkulähteet näyttivät;
Mais elle ne pouvait même pas passer la tête par la porte
Mutta hän ei saanut edes päätään oviaukosta
— Oh ! dit Alice d'un ton lugubre
"Voi", Liisa sanoi murheellisena
comme je voudrais pouvoir me plier comme un télescope !
"Kuinka toivonkaan, että voisin taittaa kokoon kuin
kaukoputki!"
« Je pense que je pourrais me plier comme un télescope »
"Luulen, että voisin taittaa kokoon kuin kaukoputki"
« Si seulement je savais par où commencer »
"jos vain tietäisin, miten aloittaa"
Alice retourna à la table
Liisa meni takaisin pöytään
Il y avait la chance de trouver une autre clé
Oli mahdollisuus löytää toinen avain
Ou il pourrait y avoir un livre de règles
Tai siellä voi olla sääntökirja
Le livre pourrait lui apprendre à se plier comme un télescope
Kirja voisi kertoa hänelle, kuinka taittaa kokoon kuin
kaukoputki
Cette fois, elle trouva une petite bouteille
Tällä kertaa hän löysi pienen pullon
**« cette bouteille n'était certainement pas là auparavant, » dit
Alice**
"Tämä pullo ei todellakaan ollut täällä ennen", sanoi Liisa
**et autour du goulot de la bouteille était attachée une
étiquette en papier**
ja pullon kaulan ympärille oli sidottu paperinen etiketti
**L'étiquette était magnifiquement imprimée en grandes
lettres**
Etiketti oli painettu kauniisti suurilla kirjaimilla
« BOIS-MOI »
"JUO MINUT"
« Non, je vais regarder d'abord », a-t-elle dit
"Ei, katson ensin", hän sanoi
« Je vais voir si la bouteille est marquée comme toxique ou

non, »
"Katsotaan, onko pullo merkitty myrkylliseksi vai ei."
Parce qu'elle n'a jamais oublié la leçon sur le poison
Koska hän ei koskaan unohtanut myrkkyä koskevaa opetusta
**« Si une bouteille est étiquetée comme toxique, elle est
forcément en désaccord avec vous »**
"Jos pullo on merkitty myrkylliseksi, se on varmasti eri mieltä
kanssasi"
**Cependant, cette bouteille n'a pas été marquée comme
toxique**
Tätä pulloa ei kuitenkaan merkitty myrkylliseksi
alors Alice se hasarda à goûter le contenu de la bouteille
niin Liisa uskaltautui maistamaan pullon sisältöä
Elle trouva le liquide tout à fait à son goût
Hän löysi nesteen aivan mieleisekseen
La boisson avait une sorte de saveur mélangée
Juomassa oli eräänlainen sekamaku
tarte aux cerises, crème pâtissière et ananas
Kirsikankirttu, vaniljakastike ja ananas
Rôtir la dinde, le caramel et le pain grillé au beurre chaud
Paahdettua kalkkunaa, toffeea ja paahtoleipää kuumalla voilla
et elle finit bientôt la bouteille
ja pian hän lopetti pullon
« Quelle curieuse sensation ! » dit Alice
"Mikä kummallinen tunne!" sanoi Liisa
« Je me plie comme un télescope ! »
"Taitan kokoon kuin kaukoputki!"
Et elle se repliait comme un télescope !
Ja hän taittui ylös kuin kaukoputki!
Elle n'avait plus que dix pouces de haut
Hän oli nyt vain kymmenen tuumaa korkea
et son visage s'éclaira à ses pensées
ja hänen kasvonsa kirkastuivat hänen ajatuksistaan
Maintenant, elle était de la bonne taille pour la petite porte
Nyt hän oli oikean kokoinen pieneen oveen
Maintenant, elle pouvait aller dans ce joli jardin
Nyt hän voisi mennä tuohon ihanaan puutarhaan

Bientôt, elle a cessé de devenir plus petite
Pian hän lakkasi pienenemästä
Elle décida d'aller tout de suite dans le jardin
Hän päätti mennä heti puutarhaan
mais, hélas pour la pauvre Alice !
mutta valitettavasti Liisa parka!
Elle arriva à la porte
Hän pääsi ovelle
Mais elle avait oublié la petite clé d'or
Mutta hän oli unohtanut pienen kultaisen avaimen
Elle retourna à la table pour prendre la clé
Hän meni takaisin pöytään hakemaan avainta
Mais elle s'aperçut qu'elle ne pouvait pas atteindre assez haut
Mutta hän huomasi, ettei hän voinut kurkottaa tarpeeksi korkealle
Elle pouvait voir la clé très distinctement à travers la vitre
Hän näki avaimen aivan selvästi lasin läpi
Elle essaya de grimper sur les pieds de la table
Hän yritti kiivetä pöydän jalkoja pitkin
Mais le verre était beaucoup trop glissant
Mutta lasi oli aivan liian liukas
Finalement, elle s'est fatiguée à essayer
Lopulta hän väsytti itsensä yrittämään
et la pauvre petite fille s'assit et pleura
ja pieni tyttöparka istuutui ja itki
Alice se parlait à elle-même assez vivement
Liisa puhui itsekseen melko terävästi
« Allons, ça ne sert à rien de pleurer comme ça ! »
"Tule, ei ole mitään hyötyä itkeä noin!"
« Je vous conseille d'arrêter tout de suite ! »
"Kehotan sinua lopettamaan juuri tällä hetkellä!"
Elle se donnait généralement de très bons conseils
Hän antoi yleensä itselleen erittäin hyviä neuvoja
bien qu'elle suivît très rarement ses propres conseils
vaikka hän hyvin harvoin noudatti omia neuvojaan
Et elle était parfois trop dure envers elle-même

ja hän oli joskus liian ankara itselleen
et ses paroles lui firent monter les larmes aux yeux
ja hänen sanansa toivat kyyneleet hänen silmiinsä
Bientôt, son regard tomba sur une petite boîte en verre
Pian hänen silmänsä osui pieneen lasilaatikkoon
La petite boîte de verre était posée sous la table
Pieni lasilaatikko makasi pöydän alla
Dans la boîte en verre se trouvait un tout petit gâteau
Lasilaatikossa oli hyvin pieni kakku
Sur le gâteau, quelques mots étaient magnifiquement écrits
Kakun päälle oli kirjoitettu kauniisti joitakin sanoja
les mots avaient été marqués dans des groseilles
Sanat oli merkitty herukoihin
« MANGE-MOI »
"SYÖ MINUA"
« Eh bien, je vais manger le gâteau », dit Alice
"No, minä syön kakun", sanoi Liisa
« et si le gâteau me fait grossir, je peux atteindre la clé »
"ja jos kakku saa minut kasvamaan suuremmaksi, voin
saavuttaa avaimen"
**« et si le gâteau me fait rapetisser, je peux me glisser sous la
porte »**
"ja jos kakku saa minut pienenemään, voin hiipiä oven alle"
« Donc, de toute façon, j'irai dans le jardin »
"joten joka tapauksessa pääsen puutarhaan"
« Et peu m'importe lequel des deux arrive ! »
"enkä välitä siitä, kumpi näistä kahdesta tapahtuu!"
Elle a mangé un peu du gâteau
Hän söi vähän kakkua
et elle se parla anxieusement à elle-même :
ja hän puhui huolestuneena itsekseen:
« Dans quel sens ? Dans quel sens ?
"Millä tavalla? Millä tavalla?"
et elle posa la main sur sa tête
ja hän piti kättään päänsä päällä
Elle voulait sentir de quelle façon elle grandissait
Hän halusi tuntea, mihin suuntaan hän kasvoi

Elle fut très surprise de découvrir ce qui s'était passé
Hän oli melko yllättynyt huomatessaan, mitä oli tapahtunut
Elle était restée de la même taille !
Hän oli pysynyt samankokoisena!
Cette fois, elle redoubla donc d'efforts
Joten tällä kertaa hän kaksinkertaisti ponnistelunsa
Et bientôt, elle termina tout le gâteau
ja pian hän viimeisteli koko kakun

La mare de larmes
Kyynelten allas

« Cela devient de plus en plus intéressant ! » s'écria Alice

"Tästä tulee yhä mielenkiintoisempaa!" huudahti Liisa

Vous pouvez voir qu'elle était très surprise

Voit nähdä, että hän oli hyvin yllättynyt

« Je m'ouvre comme le plus grand télescope qui ait jamais existé ! »

"Avaudun kuin suurin teleskooppi, joka on koskaan ollut!"

« Au revoir, les pieds ! Oh, mes pauvres petits pieds"

"Hyvästi, jalat! Voi, pienet jalkaraukkani"

« Je me demande qui va vous mettre vos chaussures maintenant, mes chères ? »

"Ihmettelen, kuka laittaa kengät sinulle nyt, rakkaat?"

et je me demande qui mettra vos bas ?

"ja ihmettelen, kuka laittaa sukkasi jalkaan?"

« Je serai beaucoup trop loin »

"Olen aivan liian kaukana"

« Je ne pourrai plus me soucier de toi »

"En voi enää vaivata itseäni sinusta"

Juste à ce moment, sa tête heurta quelque chose

Juuri tällä hetkellä hänen päänsä iski jotain vasten

Elle avait atteint le toit de la salle

Hän oli päässyt salin katolle

En fait, elle mesurait maintenant plus de deux mètres

Itse asiassa hän oli nyt yli kaksi metriä pitkä

et elle prit aussitôt la petite clef d'or

ja hän tarttui heti pieneen kultaiseen avaimeen

et elle se précipita vers la porte du jardin

ja hän kiiruhti puutarhan ovelle

Pauvre Alice ! Il n'y avait pas grand-chose qu'elle pouvait faire

Liisa parka! Hän ei voinut tehdä paljon

Elle s'allongea sur le côté

Hän makasi toisella puolella

et elle regarda d'un œil dans le jardin

ja hän katsoi toisella silmällä puutarhaan

Mais s'en sortir était plus désespéré que jamais
Mutta läpi pääseminen oli toivottomampaa kuin koskaan
Elle s'est assise et a recommencé à pleurer
Hän istuutui ja alkoi taas itkeä
Elle a continué à verser des litres de larmes
Hän jatkoi vuodattamista gallonaa kyyneleitä
Bientôt, il y eut une grande flaque tout autour d'elle
Pian hänen ympärillään oli suuri uima-allas
et l'eau atteignait la moitié du couloir
ja vesi ulottui salin puoliväliin
Au bout d'un moment, elle entendit un petit claquement de pieds
Jonkin ajan kuluttua hän kuuli pienen jalkojen räjähdyksen
Elle entendit les pas venir de loin
Hän kuuli jalkojen tulevan kaukaa
et elle s'essuya vivement les yeux pour voir ce qui allait arriver
ja hän kuivasi kiireesti silmänsä nähdäkseen, mitä oli tulossa
C'était le retour du Lapin Blanc
Se oli Valkoinen kani palaamassa
Il était magnifiquement vêtu
Hän oli upeasti pukeutunut
Il avait une paire de gants blancs dans une main
Hänellä oli valkoiset hanskat toisessa kädessään
et il avait un grand éventail de plumes dans l'autre main
ja hänellä oli suuri höyhentuuletin toisessa kädessä
Il arriva en trottinant en toute hâte
Hän tuli raveissa kovalla kiireellä
et il murmura en lui-même : « Oh ! la duchesse, la duchesse ! »
ja hän mutisi itsekseen: "Voi! herttuatar, herttuatar!"
« Ah ! ne serait-elle pas sauvage si je l'ai fait attendre !
"Voi! Eikö hän ole villi, jos olen antanut hänen odottaa!"

Quand le Lapin s'approcha d'elle, Alice prit la parole
Kun Kani tuli hänen lähelleen, Liisa puhui
Mais elle parlait d'une voix basse et timide
Mutta hän puhui matalalla, aralla äänellä
« Monsieur, s'il vous plaît, arrêtez ce que vous faites un instant »
"Herra, lopeta se, mitä teet hetkeksi"
Le Lapin sursauta violemment
Kani säikähti rajusti
Il laissa tomber les gants blancs et l'éventail de plumes
Hän pudotti valkoiset hanskat ja höyhentuulettimen
et il s'enfuit dans les ténèbres aussi vite qu'il le put
ja hän ryntäsi pois pimeyteen niin nopeasti kuin pystyi
Alice ramassa l'éventail en plumes et les gants
Liisa otti höyhenviuhkan ja hanskat käteensä
Et elle n'arrêtait pas de s'éventer tout en parlant
ja hän jatkoi itsensä tuulettamista, kun hän jatkoi puhumista
« Cher, cher ! Comme tout est étrange aujourd'hui !
"Rakas, rakas! Kuinka outoa kaikki onkaan tänään!"
« Hier, les choses se sont passées comme d'habitude »

"Eilen asiat jatkuivat ihan normaalisti"
« Étais-je le même quand je me suis levé ce matin ? »
"Olinko sama, kun nousin tänä aamuna?"
« Mais si je ne suis pas le même, il y a une autre question »
"Mutta jos en ole sama, on toinen kysymys"
« Qui suis-je ? »
"Kuka ihmeessä minä olen?"
« Ah, c'est le grand casse-tête ! »
"Ah, se on suuri palapeli!"
En disant cela, elle baissa les yeux sur ses mains
Kun hän sanoi tämän, hän katsoi alas käsiinsä
Elle portait l'un des petits gants blancs du lapin
Hänellä oli yllään yksi kaneista, pienet valkoiset käsineet
Elle n'avait pas remarqué qu'elle avait mis le gant en parlant
Hän ei ollut huomannut laittaneensa hanskaa päähänsä
puhuessaan
« Comment ai-je pu faire cela ? » a-t-elle pensé
"Kuinka olen voinut tehdä sen?" hän ajatteli
« Je dois redevenir petit »
"Minun täytyy kasvaa taas pieneksi"
Elle se leva et s'approcha de la table pour mesurer sa taille
Hän nousi ylös ja meni pöydän ääreen mittaamaan pituutensa
**Elle a découvert qu'elle mesurait maintenant environ un
demi-mètre**
Hän huomasi olevansa nyt noin puoli metriä pitkä
et elle rétrécissait encore rapidement
ja hän kutistui edelleen nopeasti
**Elle découvrit rapidement quelle était la cause de ce
rétrécissement**
Hän sai pian selville, mikä oli kutistumisen syy
L'éventail de plumes la rendait encore plus petite !
Höyhentuuletin pienensi häntä jälleen!
et elle laissa tomber l'éventail de plumes à la hâte
ja hän pudotti höyhentuulettimen kiireesti
**Elle laissa tomber l'éventail de plumes juste à temps pour se
sauver**
Hän pudotti höyhentuulettimen juuri ajoissa pelastaakseen

itsensä
Si elle s'était éventée plus longtemps, elle se serait complètement retirée
Jos hän olisi enää tuulettanut itseään, hän olisi kutistunut kokonaan pois;
« C'était une échappatoire de justesse ! » dit Alice
"Se oli täpärä pakotie!" sanoi Liisa
et elle fut bien effrayée de ce changement soudain
ja hän pelästyi kovasti äkillistä muutosta
mais elle était très heureuse de se trouver encore en existence
Mutta hän oli hyvin iloinen huomatessaan, että hän oli yhä olemassa
« Et maintenant, en route pour le jardin ! »
"Ja nyt, pois puutarhaan!"
Et elle courut à toute vitesse vers la petite porte
Ja hän juoksi nopeasti takaisin pienelle ovelle
Mais, hélas ! La petite porte fut refermée
Mutta valitettavasti! Pieni ovi suljettiin jälleen
et la petite clé d'or était de nouveau posée sur la table de verre
ja pieni kultainen avain makasi taas lasipöydällä
« Les choses sont pires que jamais », pensa le pauvre enfant
"Asiat ovat pahemmin kuin koskaan", ajatteli lapsiparka
« Je n'ai jamais été aussi petit que ça auparavant, jamais ! »
"En ole koskaan ennen ollut näin pieni, en koskaan!"
En prononçant ces mots, son pied glissa
Kun hän sanoi nämä sanat, hänen jalkansa luiskahti
et un instant plus tard, il y eut une grande éclaboussure !
Ja toisessa hetkessä oli suuri roiske!
Elle était dans l'eau salée jusqu'au menton
Hän oli leukaansa myöten suolavedessä
Sa première idée fut qu'elle était tombée d'une manière ou d'une autre dans la mer
Hänen ensimmäinen ajatuksensa oli, että hän oli jotenkin pudonnut mereen
Cependant, elle s'est vite rendu compte dans quoi elle se

trouvait

Hän kuitenkin tajusi pian, missä hän oli

Elle était dans une mare de larmes

Hän oli kyynellammikossa

les larmes qu'elle avait versées quand elle avait deux mètres de haut

kyyneleet, joita hän oli itkenyt ollessaan kaksi metriä pitkä

Juste à ce moment-là, elle entendit quelque chose

Juuri silloin hän kuuli jotain

Quelque chose barbotait dans la mare

Jotain roiskui uima-altaassa

Les éclaboussures venaient d'un peu de loin

Roiskeet tulivat vähän matkan päästä

et elle nagea plus près pour voir ce que c'était que les éclaboussures

ja hän ui lähemmäs nähdäkseen, mitä roiskeet olivat

Elle vit bientôt que ce n'était qu'une petite souris

Hän huomasi pian, että se oli vain pieni hiiri

La petite souris s'était également glissée dans l'eau

Pieni hiirikin oli livahtanut veteen

Alice réfléchit à la situation

Liisa mietti tilannetta itsekseen

« Serait-il utile de parler à cette souris ? »

"Olisiko mitään hyötyä puhua tälle hiirelle?"
« Tout est tellement à l'envers ici »
"Täällä kaikki on niin ylösalaisin"
« Je pense que c'est très probable que cette souris peut parler »
"Pitäisin hyvin todennäköisenä, että tämä hiiri osaa puhua"
« En tout cas, il n'y a pas de mal à essayer »
"Ainakaan yrittämisestä ei ole haittaa"
Alors elle a commencé à essayer de parler à la souris
Niinpä hän alkoi yrittää puhua hiirelle
« Oh Souris, sais-tu comment sortir de cette mare ? »
"Voi hiiri, tiedätkö tien ulos tästä altaasta?"
« Je suis bien fatigué de nager ici, ô souris ! »
"Olen hyvin kyllästynyt uimaan täällä, voi hiiri!"
La souris la regarda d'un air assez inquisiteur
Hiiri katsoi häntä melko uteliaasti
La souris semblait cligner de l'œil avec l'un de ses petits yeux
Hiiri näytti iskevän silmää yhdellä pienistä silmistään
Mais la petite souris ne dit rien
Mutta pieni hiiri ei sanonut mitään
« Peut-être la souris ne comprend-elle pas l'anglais », pensa Alice
"Ehkä hiiri ei ymmärrä englantia", ajatteli Liisa
« J'ose dis-le que c'est une souris française »
"Uskallan väittää, että se on ranskalainen hiiri"
« peut-être que cette souris est venue avec Guillaume le Conquérant »
"ehkä tämä hiiri tuli William Valloittajan kanssa"
Alors elle a recommencé, en français
Niinpä hän aloitti uudelleen, ranskaksi
« Où est mon chat ? » a-t-elle demandé en français
"Missä kissani on?" hän kysyi ranskaksi
c'était la première phrase de son livre de leçons de français
se oli hänen ranskan oppikirjansa ensimmäinen lause
La souris fit un saut soudain hors de l'eau
Hiiri hyppäsi yhtäkkiä vedestä

et la souris semblait frémir de frayeur
ja hiiri näytti vapisevan pelosta
— Oh ! je vous demande pardon ! s'écria vivement Alice
"Voi, pyydän anteeksi!" huudahti Liisa kiireesti
Elle craignait d'avoir blessé les sentiments du pauvre animal
Hän pelkäsi, että hän oli loukannut eläinparan tunteita
« J'oubliais que tu n'aimais pas les chats »
"Unohdin täysin, ettet pitänyt kissoista"
« Je n'aime pas les chats ! » cria la Souris d'une voix aiguë et
passionnée
"En pidä kissoista!" huusi Hiiri kiihkeällä, intohimoisella
äänellä
« Voudrais-tu des chats, si tu étais moi ? »
"Haluaisitko kissoja, jos olisit minä?"
Alice réconforta la souris d'un ton apaisant
Liisa lohdutti hiirtä rauhoittavalla äänellä
« Eh bien, peut-être que je n'aimerais pas non plus les chats
si j'étais vous »
"No, ehkä en myöskään haluaisi kissoja, jos olisin sinä"
« S'il vous plaît, ne soyez pas en colère à propos de la
mention des chats »
"Älä ole vihainen kissojen mainitsemisesta"
« Et pourtant, j'aimerais pouvoir te montrer notre chat
Dinah »
"Ja silti toivon, että voisin näyttää sinulle kissamme Dinahin"
« Si vous la rencontriez, je pense que vous prendriez goût
aux chats »
"Jos tapaisit hänet, luulen, että pitäisit kissoista"
« Si seulement vous pouviez la voir »
"Jos vain näkisit hänet"
« Elle est une chose si chère et si calme »
"Hän on niin rakas, hiljainen asia"
La souris tremblait de partout
Hiiri tärisi kaikkialla
Alice était certaine que la souris devait être vraiment
offensée
Liisa oli varma, että hiiri oli todella loukkaantunut

« On ne parlera plus d'elle, si tu préfères ne pas le faire »
"Emme puhu hänestä enää, jos et halua"
« Nous, en effet ! » s'écria la Souris
"Me, todellakin!" huudahti Hiiri
La souris tremblait jusqu'au bout de sa queue
Hiiri vapisi hännän päähän asti
« Comme si je voulais parler d'un tel sujet ! »
"Ikään kuin puhuisin sellaisesta aiheesta!"
« Notre famille a toujours détesté les chats »
"Perheemme vihasi aina kissoja"
"Les chats ; des choses méchantes, basses, vulgaires !
"kissat; ilkeitä, alhaisia, mauttomia asioita!"
« Ne me laissez plus entendre le nom ! »
"Älä anna minun kuulla nimeä enää!"
— Je ne parlerai plus des chats, en effet, dit Alice
"En todellakaan mainitse kissoja enää!" sanoi Liisa
Elle était très pressée de changer de sujet
Hänellä oli suuri kiire vaihtaa aihetta
"Êtes-vous... Aimez-vous les chiens ?
"Oletko ... Pidätkö koirista?"
« Il y a un petit chien si gentil près de notre maison, »
"Talomme lähellä on niin mukava pieni koira."
« Je voudrais te montrer le petit chien ! »
"Haluaisin näyttää sinulle pienen koiran!"
"Ce petit chien tue tous les rats et...
"Tämä pieni koira tappaa kaikki rotat ja..."
« Oh ! mon Dieu ! » s'écria Alice d'un ton triste
"Voi, rakas!" huudahti Liisa murheellisella äänellä
« J'ai peur de t'avoir encore offensé ! »
"Pelkään, että olen loukannut sinua taas!"
La souris nageait loin d'elle aussi vite qu'elle le pouvait
Hiiri ui poispäin hänestä niin nopeasti kuin se pystyi
menemään
et la souris fit tout un vacarme dans la mare
ja hiiri teki melkoisen hälinän uima-altaassa
Alors elle appela doucement la souris
Niinpä hän huusi hiljaa hiiren perään

« Ma chère souris, s'il vous plaît, revenez ! »
"Rakas hiiri, tule takaisin!"
« Et nous ne parlerons pas des chats »
"Emmekä puhu kissoista"
« Et nous n'avons pas non plus besoin de parler des chiens »
"Eikä meidän tarvitse puhua koiristakaan"
Quand la souris entendit cela, elle se retourna
Kun hiiri kuuli tämän, se kääntyi ympäri
et la petite souris nagea lentement vers elle
ja pieni hiiri ui hitaasti takaisin hänen luokseen
Le visage de la souris était assez pâle
Hiiren kasvot olivat melko vaaleat
et la souris parla d'une voix basse et tremblante
ja hiiri puhui matalalla, vapisevalla äänellä
« Allons à la rive »
"Mennään rannalle"
« et ensuite je vous raconterai mon histoire »
"ja sitten kerron sinulle historiani"
« et vous comprendrez pourquoi c'est moi qui déteste les chats et les chiens »
"ja ymmärrät, miksi vihaan kissoja ja koiria"
Il était grand temps de partir
Oli tullut korkea aika lähteä
parce que la piscine devenait assez bondée
koska uima-allas oli melko täynnä
D'autres oiseaux et animaux étaient tombés dans la mare
muut linnut ja eläimet olivat pudonneet altaaseen
il y avait un Canard et un Dodo
siellä oli Ankka ja Dodo
et il y avait un oiseau Lory et un aiglon
ja siellä oli Lory-lintu ja kotka
et il y avait plusieurs autres créatures intéressantes
ja siellä oli useita muita mielenkiintoisen näköisiä olentoja
Alice a ouvert la voie à la sortie de la piscine
Liisa näytti tietä ulos altaasta
et toute la troupe des animaux nagea jusqu'au rivage
ja koko joukko eläimiä ui rannalle

Une course de caucus et une longue traîne
Caucus-kilpailu ja pitkä häntä
C'était en effet une bande d'animaux à l'allure amusante
He olivat todellakin hauskan näköinen joukko eläimiä
et ils se rassemblèrent tous sur le bord de l'eau
ja he kaikki kokoontuivat veden rannalle
Les oiseaux avaient tous des plumes débraillées
Kaikilla linnuilla oli rypistyneet höyhenet
et les animaux à fourrure étaient trempés
ja karvaiset eläimet kastuivat läpikotaisin
et tous étaient trempés, agacés et mal à l'aise
ja kaikki tippuivat märkinä, ärsyyntyneinä ja epämukavina

Il y avait une question à laquelle il fallait répondre en premier
Ensin oli vastattava yhteen kysymykseen
Quelle est la meilleure façon pour tout le monde de se sécher ?
Mikä on paras tapa kaikille kuivua?
Ils ont tenu une consultation à ce sujet
He neuvottelivat asiasta
Bientôt, ils furent tous en bons termes
Pian he olivat kaikki tutuissa väleissä

C'était comme si elle les avait connus toute sa vie
Oli kuin hän olisi tuntenut heidät koko elämänsä
La souris semblait être une personne d'une certaine autorité
Hiiri näytti olevan jonkin auktoriteetin henkilö
« Asseyez-vous, vous tous, et écoutez-moi ! »
"Istukaa alas, te kaikki, ja kuunnelkaa minua!"
« Je vais bientôt vous faire sécher à nouveau ! »
"Laitan teidät pian taas kuiviksi!"
Ils s'assirent tous en même temps, dans un grand cercle
He kaikki istuivat kerralla, suuressa renkaassa
et la petite souris s'assit au milieu
ja pieni hiiri istui keskellä
« Hum ! » dit la souris d'un air important
"Ahem!" sanoi hiiri tärkeällä tuulella
« Êtes-vous tous prêts ? »
"Oletteko kaikki valmiita?"
« C'est la chose la plus sèche que je connaisse »
"Tämä on kuivin asia, jonka tiedän"
« Silence tout autour, s'il vous plaît ! »
"Hiljaisuus kaikkialla, jos haluat!"
« Guillaume le Conquérant était favorisé par le pape »
"William Valloittaja oli paavin suosiossa"
« mais il fut bientôt soumis par les Anglais »
"mutta englantilaiset alistuivat häneen pian"
« Ils voulaient des leaders ces derniers temps »
"He halusivat viime aikoina johtajia"
« et ils avaient été habitués au pouvoir et à la conquête »
"Ja he olivat tottuneet valtaan ja valloitukseen"
« Edwin et Morcar, les comtes de Mercie et de Northumbrie »
"Edwin ja Morcar, Mercian ja Northumbrian jaarlit"
« Pouah ! » dit l'oiseau lori, avec un frisson
"Ugh!" sanoi lori-lintu väristen;
« et même Stigand, l'archevêque patriote de Cantorbéry »
"ja jopa Stigand, Canterburyn isänmaallinen arkkipiispa"
« Il l'a également trouvé opportun »
"Hän piti sitä myös suositeltavana"

« Qu'a-t-il trouvé à propos ? » dit le canard
"Mitä hän piti suositeltavana?" kysyi ankka
— Il l'a trouvé opportun, répondit la souris d'un ton un peu contrarié
"Hän piti sitä suositeltavana", hiiri vastasi melko ristiin
Mais le canard n'était pas satisfait
Mutta ankka ei ollut tyytyväinen
« **Bien sûr, vous savez ce que 'it' signifie** »
"Tietysti tiedät, mitä 'se' tarkoittaa"
« **Je sais ce que c'est quand je trouve quelque chose** », dit le canard
"Tiedän, mikä 'se' on, kun löydän jotain", sanoi ankka
« **C'est généralement une grenouille ou un ver** »
"Se on yleensä sammakko tai mato"
« **La question est de savoir ce que l'archevêque a trouvé ?**
"Kysymys kuuluu, mitä arkkipiispa löysi?"
La souris n'a pas remarqué cette question
Hiiri ei huomannut tätä kysymystä
Au lieu de cela, la souris continua précipitamment son discours
Sen sijaan hiiri jatkoi kiireesti puhetta
« **il a jugé opportun d'aller avec Edgar Atheling** »
"hän piti suositeltavana mennä Edgar Athelingin kanssa"
« **pour rencontrer Guillaume et lui offrir la couronne** »
"tavata William ja tarjota hänelle kruunu"
la souris continua, se tournant vers Alice pendant qu'elle parlait
hiiri jatkoi ja kääntyi Liisan puoleen puhuessaan
« **Comment allez-vous maintenant, ma chère ?** »
"Kuinka voit nyt, kultaseni?"
– **Aussi mouillée que jamais, dit Alice d'un ton mélancolique**
"Yhtä märkä kuin ennenkin", sanoi Liisa surumielisellä äänellä
« **Cette histoire n'a pas l'air de me tarir du tout** »
"Tämä tarina ei tunnu kuivattavan minua ollenkaan"
— **Dans ce cas, dit solennellement le dodo en se levant**
"Siinä tapauksessa", dodo sanoi juhlallisesti ja nousi jaloilleen

« Je vote pour l'ajournement de la séance »
"Äänestän kokouksen keskeyttämisen puolesta"
« et je propose l'adoption immédiate de remèdes plus
énergiques »
"ja ehdotan välittömästi energisempien korjaustoimenpiteiden
käyttöönottoa"
« Dis des paroles vraies ! » dit l'aiglon
"Puhu oikeita sanoja!" sanoi kotka
« Je ne connais pas le sens de la moitié de ces longs mots »
"En tiedä mitä puolet noista pitkistä sanoista tarkoittaa"
et, qui plus est, je ne crois pas que vous le sachiez non plus !
"ja mikä parasta, en usko, että sinäkään tiedät!"
— Ce que j'allais dire, dit le dodo d'un ton offensé
"Mitä aioin sanoa", sanoi dodo loukkaantuneella äänellä
« La meilleure chose à faire pour nous sécher serait une
course au caucus »
"Paras tapa saada meidät kuiviin olisi caucus-kilpailu"
« Qu'est-ce qu'une course de caucus ? » demanda Alice
"Mikä on kaukasus-rotu?" kysyi Liisa

« Eh bien, » dit le dodo, « la meilleure façon de l'expliquer, c'est de le faire »

"No", sanoi dodo, "paras tapa selittää se on tehdä se."

« D'abord, le dodo a tracé un parcours »

"Ensin dodo merkitsi kilparadan"

« La piste était dans une sorte de cercle »

"Rata oli eräänlaisessa ympyrässä"

« Et puis tout le groupe a été placé le long du parcours »

"Ja sitten kaikki puolueet sijoitettiin radan varrelle"

Il n'y avait pas de « Un, deux, trois et c'est parti ! »

Ei ollut "Yksi, kaksi, kolme ja pois!"

Mais ils ont commencé à courir quand ils voulaient

Mutta he alkoivat juosta, kun halusivat

et ils finissaient aussi quand ils le voulaient

Ja he myös lopettivat, kun halusivat

Il n'était donc pas facile de savoir quand la course était terminée

Joten ei ollut helppoa tietää, milloin kilpailu oli ohi

Après environ une demi-heure de course, ils étaient tous assez secs

Noin puolen tunnin juoksun jälkeen ne olivat kaikki melko kuivia

le dodo s'écria soudain : « La course est finie ! »

dodo huusi yhtäkkiä: "Kilpailu on ohi!"

Et ils se pressèrent tous autour du Dodo

ja he kaikki tungeksivat dodon ympärillä

Tous les animaux haletaient et soufflaient

Kaikki eläimet huohottivat ja puhalsivat

et tous voulaient savoir : « Mais qui a gagné ? »

ja he kaikki halusivat tietää: "Mutta kuka on voittanut?"

Le dodo ne pouvait pas répondre immédiatement à cette question

Tähän kysymykseen dodo ei voinut heti vastata

D'abord, il a dû beaucoup réfléchir

Ensin hänen täytyi miettiä paljon

Après mûre réflexion, le dodo finit par parler

Pitkän harkinnan jälkeen Dodo lopulta puhui

« Tout le monde a gagné, et tous doivent avoir des prix »
"Kaikki ovat voittaneet, ja kaikilla on oltava palkintoja"
« Mais qui doit donner les prix ? » demanda un chœur de voix
"Mutta kuka antaa palkinnot?" kysyi äänikuoro
— Eh bien, elle, bien sûr, dit le dodo
"No, hän tietysti", sanoi dodo
et le dodo pointa d'un doigt vers Alice
ja dodo osoitti yhdellä sormella Liisa
et toute la troupe des animaux se pressait autour d'elle
ja koko eläinjoukko tungeksi hänen ympärillään
ils ont crié, d'une manière confuse : « Des prix ! Des prix !
He huusivat hämmentyneenä: "Palkintoja! Palkintoja!"
Alice n'avait aucune idée de ce qu'elle devait faire
Liisalla ei ollut aavistustakaan, mitä tehdä
Désespérée, elle mit la main dans sa poche
Epätoivoissaan hän pani kätensä taskuunsa
Et elle en sortit une boîte de bonbons
ja hän veti esiin laatikon makeisia
Heureusement, l'eau salée n'était pas entrée dans la boîte
Onneksi suolavesi ei ollut päässyt laatikkoon
et elle a distribué les bonbons comme prix
ja hän jakoi makeiset palkintoina
Il y avait exactement une pièce pour tout le monde
Jokaiselle oli tasan yksi pala
La prochaine chose qu'ils devaient faire était de manger les bonbons
Seuraava asia, joka heidän täytyi tehdä, oli syödä makeisia
Cela a causé du bruit et de la confusion
Tämä aiheutti melua ja hämmennystä
Les grands oiseaux se plaignaient de ne pas pouvoir goûter leurs bonbons
Suuret linnut valittivat, etteivät he voineet maistaa makeisiaan
Les petits s'étouffaient et devaient être tapotés dans le dos
Pienet tukehtuivat ja niitä piti taputtaa selkään
Cependant, c'était enfin fini
Se oli kuitenkin vihdoin ohi

Et ils se rassirent en cercle
ja he istuutuivat taas kehään
**et ils supplièrent la souris de leur dire quelque chose de
plus**
ja he pyysivät hiirtä kertomaan heille jotain lisää
**— Vous m'avez promis de me raconter votre histoire, vous
savez, dit Alice**
"Lupasit kertoa minulle historiasi", sanoi Liisa
et elle fit une autre petite remarque sur les chats à voix basse
ja hän teki toisen pienen huomautuksen kissoista kuiskaten
Elle ne voulait pas offenser à nouveau la souris
Hän ei halunnut loukata hiirtä uudelleen
la petite souris se tourna vers Alice et soupira
pieni hiiri kääntyi Liisan puoleen ja huokaisi
« Ma conte est long et triste ! »
"Minun on pitkä ja surullinen tarina!"
— C'est une longue queue, certainement, dit Alice
"Se on varmasti pitkä häntä", sanoi Liisa
**et elle baissa les yeux avec étonnement sur la queue de la
souris**
ja hän katsoi ihmetellen hiiren häntää
« Mais pourquoi appelez-vous cela une queue triste ? »
"Mutta miksi kutsut sitä surulliseksi hännäksi?"
**Et elle n'arrêtait pas de s'interroger à ce sujet pendant que la
souris parlait**
Ja hän jatkoi hämmentämistä siitä, kun hiiri puhui
**de sorte que son idée de l'histoire était quelque chose
comme ceci**
niin, että hänen ajatuksensa tarinasta oli jotain tällaista

"Fury said to
a mouse, That
he met in the
house, 'Let
us both go
to law: *I*
will prosecute
you——
Come, I'll
take no denial:
We must have
the trial;
For really
this morning
I've
nothing
to do.'
Said the
mouse to
the cur,
'Such a
trial, dear
sir, With
no jury
or judge,
would
be wasting
our
breath.'
'I'll be
judge,
I'll be
jury,'
said
cunning
old
Fury;
'I'll
try
the
whole
cause,
and
condemn
you to
death.'"

Fury dit à une souris : Qu'il s'est rencontré dans la maison.
Fury sanoi hiirelle, että hän tapasi talossa "
Allons tous les deux en justice, je vous poursuivrai
Menkäämme molemmat oikeuteen: minä asetan teidät
syytteeseen
**Allons, je n'accepterai aucun démenti : il faut que nous
fassions l'épreuve**
Tule, en kiellä: Meidän täytyy saada oikeudenkäynti
Car vraiment ce matin je n'ai rien à faire
Sillä oikeastaan tänä aamuna minulla ei ole mitään tekemistä
Dit la souris au maudit ;

Sanoi hiiri curille;
Un tel procès, cher monsieur, sans jury ni juge, nous ferait perdre notre souffle
Sellainen oikeudenkäynti, rakas herra, Ilman valamiehistöä tai tuomaria tuhlaisi henkeämme
« Je serai juge, je serai jury », dit le vieux rusé Fury
"Minä olen tuomari, minä olen valamiehistö", sanoi ovela vanha Fury
Je vais juger toute la cause, et je vous condamnerai à mort
Minä koettelen koko asiaa ja tuomitsen sinut kuolemaan
la souris parla sévèrement à Alice
hiiri puhui ankarasti Liisalle
« Tu ne fais pas attention ! »
"Et kiinnitä huomiota!"
« À quoi pensez-vous ? »
"Mitä ajattelet?"
— Je vous demande pardon, dit Alice très humblement
"Pyydän anteeksi", Liisa sanoi hyvin nöyrästi
« Tu étais arrivé au cinquième virage, je crois ? »
"Luulisin, että olit päässyt viidenteen mutkaan?"
« Vous m'insultez en disant de telles bêtises ! »
"Loukkaat minua puhumalla sellaista hölynpölyä!"
Et la souris se leva et s'éloigna
ja hiiri nousi ylös ja käveli pois
Alice appela la petite souris
Liisa huusi pienen hiiren perään
« S'il vous plaît, revenez et terminez votre histoire ! »
"Tule takaisin ja lopeta tarinasi!"
Et les autres se joignirent tous en chœur
Ja kaikki muut liittyivät kuoroon
« Oui, s'il vous plaît, terminez votre histoire ! »
"Kyllä, lopeta tarinasi!"
Mais la souris se contenta de secouer la tête avec impatience
Mutta hiiri vain pudisti päätään kärsimättömästi
et la petite souris marchait un peu plus vite
ja pieni hiiri käveli hieman nopeammin
« Je voudrais bien avoir Dinah, notre chat, ici ! » dit Alice

"Toivon, että minulla olisi Dinah, kissamme, täällä!" sanoi
Liisa

Cela provoqua une sensation remarquable parmi le parti
Tämä aiheutti merkittävän sensaation puolueen keskuudessa

Quelques-uns des oiseaux se hâtèrent de s'éloigner
Osa linnuista kiiruhti heti pois

et un canari appela d'une voix tremblante ses enfants ;
ja kanarialintu huusi vapisevalla äänellä lapsilleen;

« Allez-vous-en, mes chères ! »
"Tule pois, rakkaani!"

« Il est grand temps que vous soyez tous au lit ! »
"On korkea aika olla kaikki sängyssä!"

Avec diverses excuses, ils sont tous partis
Eri tekosyillä he kaikki menivät pois

et Alice se retrouva bientôt seule
ja Liisa jäi pian yksin

« J'aurais aimé ne pas avoir mentionné Dinah ! »
"Toivon, etten olisi maininnut Dinahia!"

« Personne n'a l'air de l'aimer ici »
"Kukaan ei näytä pitävän hänestä täällä"

« Mais je suis sûr que c'est la meilleure chatte du monde ! »
"mutta olen varma, että hän on maailman paras kissa!"

La pauvre Alice se remit à pleurer
Liisa parka alkoi taas itkeä

parce qu'elle se sentait très seule et déprimée
koska hän tunsi itsensä hyvin yksinäiseksi ja alakuloiseksi

**Au bout de peu de temps, cependant, elle entendit de
nouveau quelque chose**
Hetken kuluttua hän kuitenkin kuuli taas jotain

un petit bruit de pas au loin
Pieni askelten patteristo kaukaisuudessa

et elle leva les yeux avec impatience
ja hän katsoi innokkaasti ylös

Le lapin envoie le petit M. Bill
Kani lähettää pienen herra Billin

C'était le lapin blanc, qui revenait lentement au trot
Se oli valkoinen kani, joka ravasi hitaasti takaisin
Il regardait anxieusement autour de lui en chemin
Hän katseli huolestuneena ympärilleen mennessään
Il avait l'air d'avoir perdu quelque chose
Hän näytti siltä kuin hän olisi menettänyt jotain
Alice l'entendit marmonner pour lui-même
Liisa kuuli hänen mutisevan itsekseen
— La duchesse ! La Duchesse ! Oh, mes chères pattes !
"Herttuatar! Herttuatar! Voi, rakkaat tassuni!"
« Oh, ma fourrure et mes moustaches ! »
"Voi, turkkini ja viikseni!"
« Elle va me faire exécuter, j'en suis sûr »
"Hän teloittaa minut, olen varma siitä"

« Aussi sûr que les furets sont des furets ! »
"Yhtä varmasti kuin fretit ovat frettejä!"
« Où ai-je pu laisser tomber mes affaires, je me demande ? »
"Mihin olen voinut pudottaa tavarani, ihmettelen?"
Alice devina en un instant ce qu'il cherchait
Liisa arvasi hetkessä, mitä etsi
Il cherchait l'éventail de plumes
Hän etsi höyhentuuletinta
et il cherchait la paire de gants blancs
ja hän etsi valkoisia käsineitä
Elle se mit donc très gentiment à chercher les gants
Niinpä hän alkoi hyväntahtoisesti etsiä käsineitä
Et elle chercha aussi l'éventail de plumes
Ja hän etsi myös höyhenviuhkan
Mais les gants et l'éventail de plumes étaient introuvables
Mutta hanskat ja höyhentuuletin eivät näkyneet missään
Tout semblait avoir changé depuis sa baignade dans la piscine
Kaikki näytti muuttuneen sen jälkeen, kun hän ui uima-altaassa
Rien n'était pareil depuis qu'elle était dans la grande salle
Mikään ei ollut entisellään sen jälkeen, kun hän oli ollut suuressa salissa
et la table de verre avait disparu
ja lasipöytä oli kadonnut
Et la petite porte n'était pas là non plus
Eikä pieni ovikaan ollut siellä
Très vite, le lapin remarqua Alice
Hyvin pian kani huomasi Alicen
Il l'appela d'un ton furieux
Hän kutsui häntä vihaisella äänellä
« Mary Ann, que fais-tu ici ? »
"Mary Ann, mitä teet täällä?"
« Rentre chez toi à l'instant même »
"Juokse kotiin tällä hetkellä"
« Et apporte-moi une paire de gants et un éventail de plumes ! »

"Ja hae minulle hanskat ja höyhentuuletin!"
« Et faites vite ! »
"Ja ole nopea siinä!"
Alice se parlait à elle-même en s'enfuyant
Liisa puhui itsekseen juostessaan karkuun
— Il a dû me prendre pour sa femme de chambre !
"Hän on varmaan erehtynyt luulemaan minua
palvelijattarekseen!"
« Comme il sera surpris quand il découvrira qui je suis ! »
"Kuinka yllättynyt hän onkaan, kun hän saa tietää, kuka olen!"
En disant cela, elle tomba sur une petite maison soignée
Kun hän sanoi tämän, hän tuli siistiin pieneen taloon
**Sur la porte de la maison se trouvait une plaque de laiton
brillant**
Talon ovella oli kirkas messinkilevy
« W. LAPIN »
"W. KANI"
Elle entra sans frapper à la porte
Hän meni sisään koputtamatta oveen
et elle se hâta de monter l'escalier
ja hän kiiruhti suoraan yläkertaan
elle craignait de rencontrer la vraie Mary Ann
hän pelkäsi tapaavansa todellisen Mary Annin
parce qu'alors elle serait chassée de la maison
koska silloin hänet käännytettäisiin ulos talosta
**et elle ne pourrait pas trouver l'éventail de plumes et les
gants**
Eikä hän löytäisi höyhenviuhkaa ja hanskoja
**Alice s'était frayé un chemin dans une petite pièce bien
rangée**
Liisa oli löytänyt tiensä siistiin pieneen huoneeseen
Dans la pièce, il y avait une table près de la fenêtre
Huoneessa oli pöytä ikkunan vieressä
et sur la table, il y avait un éventail de plumes
ja pöydällä oli höyhentuuletin
et il y avait deux ou trois paires de petits gants blancs
ja siellä oli kaksi tai kolme paria pieniä valkoisia käsineitä

Elle ramassa l'éventail en plumes et une paire de gants
Hän otti höyhentuulettimen ja hanskat
et elle allait quitter la pièce
ja hän oli juuri lähdössä huoneesta
mais alors ses yeux tombèrent sur une petite bouteille
mutta sitten hänen silmänsä osuivat pieneen pulloon
Elle déboucha la bouteille et la porta à ses lèvres
Hän avasi pullon korkin ja laittoi sen huulilleen
« J'espère que cela me fera redevenir grand »
"Toivon, että se saa minut kasvamaan jälleen suureksi"
« J'en ai marre d'être une toute petite chose ! »
"Olen kyllästynyt olemaan niin pieni pieni asia!"
Alice avait à peine bu la moitié de la bouteille
Liisa oli tuskin juonut puolta pulloa
Sa tête était déjà appuyée contre le plafond
Hänen päänsä painui jo kattoa vasten
et elle dut se baisser
ja hänen täytyi kumartua
pour sauver son cou d'être brisé
pelastaakseen niskansa murtumasta
Elle posa précipitamment la bouteille
Hän laski pullon kiireesti
« C'est bien assez »
"Se riittää"
« J'espère que je ne grandirai plus »
"Toivottavasti en kasva enää"
Hélas! Il était trop tard pour souhaiter cela !
Valitettavasti! Oli liian myöhäistä toivoa sitä!
Elle n'a cessé de grandir
Hän jatkoi kasvamistaan ja kasvamistaan
et très vite elle dut s'agenouiller sur le sol
ja pian hänen täytyi polvistua lattialle
Et même alors, elle a continué à grandir
ja silloinkin hän jatkoi kasvuaan
Comme dernière ressource, elle passa un bras par la fenêtre
Viimeisenä resurssina hän laittoi toisen kätensä ulos ikkunasta
et elle mit un pied dans la cheminée

ja hän nosti toisen jalkansa savupiippuun
« Maintenant, je ne peux plus faire, quoi qu'il arrive »
"Nyt en voi tehdä enempää, tapahtuipa mitä tahansa"
« Que vais-je devenir ? »
"Mitä minusta tulee?"

Alice a eu un peu de chance
Liisalla oli onnea
La petite bouteille magique avait fait son plein effet
Pieni taikapullo oli saanut täyden tehonsa
et Alice ne grandit pas plus qu'elle n'était
eikä Liisa kasvanut suuremmaksi kuin hän oli
Au bout de quelques minutes, elle entendit une voix à l'extérieur
Muutaman minuutin kuluttua hän kuuli äänen ulkona
et elle s'arrêta pour écouter la voix
ja hän pysähtyi kuuntelemaan ääntä
« Mary Ann ! Mary Ann ! dit la voix
"Mary Ann! Mary Ann!" sanoi ääni
« Apporte-moi mes gants tout de suite ! »
"Hae minulle hanskat tällä hetkellä!"
Puis vint un petit claquement de pieds dans l'escalier

Sitten tuli pieni jalat portaissa
Alice savait que c'était le lapin qui venait la chercher
Liisa tiesi, että kani oli tulossa etsimään häntä
et elle trembla jusqu'à faire trembler la maison
ja hän vapisi, kunnes ravisteli taloa
elle oublia tout à fait quelles étaient ses proportions
Hän unohti täysin, mitkä hänen mittasuhteensa olivat
Elle était mille fois plus grosse que le lapin
Hän oli tuhat kertaa suurempi kuin kani
et elle n'avait aucune raison d'avoir peur d'un lapin
ja hänellä ei ollut mitään syytä pelätä kania
Bientôt le lapin s'approcha de la porte
Eikä aikaakaan, kun kani tuli ovelle
et le petit lapin essaya d'ouvrir la porte
ja pieni kani yritti avata oven
La porte a commencé à s'ouvrir vers l'intérieur
ovi alkoi avautua sisäänpäin
mais le coude d'Alice était fortement appuyé contre la porte
mutta Liisan kyynärpää painettiin lujasti ovea vasten
Cette tentative s'est avérée un échec
Tämä yritys osoittautui epäonnistuneeksi
Alice entendit le lapin se parler à lui-même
Liisa kuuli jäniksen puhuvan itsekseen
« Ensuite, je vais faire le tour et entrer par la fenêtre »
"Sitten menen ympäri ja pääsen sisään ikkunasta"
« Que tu ne le feras pas ! » pensa Alice
"Että sinä et!" ajatteli Liisa
Et elle attendit encore un peu
ja hän odotti taas vähän
Bientôt, elle entendit le lapin juste sous la fenêtre
Pian hän kuuli jäniksen aivan ikkunan alla
Elle étendit soudain la main
Hän levitti yhtäkkiä kätensä
et elle fit une prise en l'air
ja hän sieppasi ilmassa
Elle n'a rien attrapé
Hän ei saanut käsiinsä mitään

mais elle entendit un petit cri et une chute
Mutta hän kuuli pienen huudon ja kaatumisen
et elle entendit un fracas de verre brisé
ja hän kuuli rikkoutuneen lasin törmäyksen
Peut-être le lapin était-il tombé
Ehkä kani oli pudonnut
Peut-être était-il dans une serre
Ehkä hän oli vihreässä talossa
Puis vint une voix en colère ; La voix du lapin
Seuraavaksi kuului vihainen ääni; Kanin ääni
« Pat, où es-tu ? »
"Pat, missä olet?"
Et puis vint une voix qu'elle n'avait jamais entendue auparavant
Ja sitten tuli ääni, jota hän ei ollut koskaan ennen kuullut
« Votre honneur, je suis là ! »
"Teidän kunnianne, olen täällä!"
« Je creuse pour trouver des pommes »
"Kaivan omenoita"
« Ici ! Venez m'aider à m'en sortir !
"Täällä! Tule auttamaan minua pois tästä!"
« Maintenant, dis-moi, Pat, qu'est-ce qu'il y a dans la fenêtre ? »
"Kerro nyt, Pat, mitä ikkunassa on?"
« Bien sûr, Votre Honneur, je vais vous le dire »
"Toki, teidän kunnianne, minä sanon teille"
« C'est un bras qui est dans la fenêtre ! »
"Se on käsivarsi, joka on ikkunassa!"
« Eh bien, un bras n'a rien à faire là-bas »
"No, kädellä ei ole mitään asiaa sinne"
« Va et enlève le bras ! »
"Mene ja ota käsi pois!"
Il y eut un long silence après cela
Tämän jälkeen vallitsi pitkä hiljaisuus
et Alice n'entendait que des chuchotements de temps en temps
ja Liisa kuuli vain kuiskauksia silloin tällöin

et enfin elle étendit de nouveau la main
ja viimein hän taas ojensi kätensä
et elle fit une autre arrachée dans les airs
ja hän teki toisen sieppauksen ilmassa
Cette fois, il y eut deux petits cris
Tällä kertaa kuului kaksi pientä huutoa
et il y avait d'autres bruits de verre brisé
ja lasinsirujen ääniä kuului enemmän
« Je me demande ce qu'ils vont faire ensuite ! » pensa Alice
"Mietin, mitä he tekevät seuraavaksi!" ajatteli Liisa
« J'aimerais qu'ils me tirent par la fenêtre »
"Toivon, että he vetäisivät minut ulos ikkunasta"
Elle attendit un certain temps
Hän odotti jonkin aikaa
Mais pendant un moment, elle n'entendit plus rien
Mutta jonkin aikaa hän ei kuullut mitään muuta
Enfin, il y eut un grondement de petites roues
Vihdoinkin kuului pienten pyörien jyrinä
et il y eut le son d'un bon nombre de voix
ja sieltä kuului monien äänien ääni
Toutes les voix parlaient ensemble
Kaikki äänet puhuivat yhdessä
Elle pouvait distinguer certaines des paroles
Hän pystyi erottamaan joitakin sanoja
« Où est l'autre échelle ? »
"Missä ovat toiset tikkaat?"
« Bill a l'autre échelle »
"Billillä on toiset tikkaat"
« Bill, viens ici ! »
"Bill, tule tänne!"
« Le toit va-t-il supporter le fardeau ? »
"Kestääkö katto kuorman?"
« Qui veut descendre par la cheminée ? »
"Kuka haluaa mennä alas savupiipusta?"
— Non, je ne le ferai pas ! Vous le faites !
"Ei, en aio! Sinä teet sen!"
« Tiens, Bill ! »

"Tässä, Bill!"
« Le maître dit qu'il faut descendre par la cheminée ! »
"Mestari sanoo, että sinun täytyy mennä alas savupiipusta!"
Alice descendit son pied aussi loin qu'elle le put dans la cheminée
Liisa veti jalkansa niin alas savupiipusta kuin pystyi
Et puis elle attendit de voir ce qui allait arriver
Ja sitten hän odotti nähdäkseen, mitä oli tulossa
Elle entendit un petit animal gratter et se débattre
Hän kuuli pienen eläimen raapimisen ja rypistymisen
Le petit animal doit être dans la cheminée
pienen eläimen on oltava savupiipussa
Puis elle donna un coup de pied sec
Sitten hän antoi yhden terävän potkun
et elle attendit de voir ce qui allait se passer ensuite
Ja hän odotti, mitä seuraavaksi tapahtuisi
Elle entendit un chœur général de voix
Hän kuuli yleisen äänikuoron
« Voilà Bill ! » dirent-ils tous
"Tuossa menee Bill!" he kaikki sanoivat
Puis elle entendit la voix du lapin seule
Sitten hän kuuli kanin äänen yksin
« Toi par la haie, attrape-le ! »
"Sinä pensasaidan vieressä, ota hänet kiinni!"
Il y eut un autre moment de silence
Oli toinen hiljainen hetki
Et puis il y eut une autre confusion de voix
Ja sitten oli toinen äänien sekaannus
« Lève la tête, Brandy »
"Pidä päänsä ylhäällä, Brandy"
« Attention à ne pas l'étouffer »
"Varo tukehduttamasta häntä"
« Qu'est-ce qui t'est arrivé ? »
"Mitä sinulle tapahtui?"
Enfin, une petite voix faible et grinçante est apparue
Viimeisenä tuli hieman heikko, vinkuva ääni
« Eh bien, je n'en sais presque pas plus »

"No, tuskin tiedän enempää"
« merci à tous, je vais mieux maintenant »
"Kiitos kaikille, olen nyt parempi"
« il y a une chose dont je peux me souvenir »
"On yksi asia, jonka muistan"
« Quelque chose vient à moi comme un train dans un tunnel »
"Jokin tulee minua kohti kuin juna tunnelissa"
« Et je vole comme une fusée ! »
"ja ylös lennän kuin taivasraketti!"
Il y eut une minute ou deux de silence
Oli minuutin tai kahden hiljaisuus
puis ils ont recommencé à se déplacer
ja sitten he alkoivat taas liikkua
et Alice entendit de nouveau le Lapin parler
ja Liisa kuuli jäniksen puhuvan taas
« Une brouette fera l'affaire, pour commencer »
"Aluksi käy kärryllinen"
« Une brouette pleine de quoi ? » pensa Alice
"Mitä?" ajatteli Liisa
Mais elle ne fut pas tenue en suspens longtemps
Mutta häntä ei pidetty jännityksessä pitkään
Une pluie de petits cailloux est passée par la fenêtre
Ikkunasta tuli pienten kivien suihku
et quelques petits cailloux l'ont frappée au visage
ja jotkut pienistä kivistä löivät häntä kasvoihin
Alice fut surprise par les petits cailloux
Liisa yllättyi pienistä kivistä
Tous les petits cailloux se transformaient en gâteaux
Kaikki pienet kivet muuttuivat kakkuiksi
et une idée lumineuse lui vint à l'esprit
Ja kirkas idea tuli hänen päähänsä
« Je devrais manger un de ces gâteaux »
"Minun pitäisi syödä yksi näistä kakuista"
« Le gâteau ne manquera pas de faire changer ma taille »
"Kakku muuttaa varmasti kokoani"
Alors elle a avalé l'un des gâteaux

Niinpä hän nielaisi yhden kakuista
et elle fut ravie de constater qu'elle commençait à rétrécir
ja hän oli iloinen huomatessaan, että hän alkoi kutistua
Bientôt, elle fut assez petite pour franchir la porte
Pian hän oli tarpeeksi pieni päästäkseen ovesta sisään
Elle s'est enfuie de la maison
Hän juoksi ulos talosta
Une foule de petits animaux et d'oiseaux attendaient dehors
Joukko pieniä eläimiä ja lintuja odotti ulkona
tous les petits oiseaux et les petits animaux se précipitèrent sur Alice
kaikki pienet linnut ja eläimet ryntäsivät Liisan kimppuun
Mais elle s'enfuit aussi vite qu'elle le put
Mutta hän juoksi pois niin nopeasti kuin pystyi
et bientôt elle se trouva en sécurité dans un bois épais
ja pian hän huomasi olevansa turvassa paksussa metsässä
Alice errait dans les bois
Liisa vaelteli metsässä
Et elle pensa en elle-même :
ja hän ajatteli itsekseen:
« Je sais ce que je dois faire en premier »
"Tiedän, mitä minun on tehtävä ensin"
« Je dois d'abord grandir à ma bonne taille »
"ensin minun täytyy kasvaa taas oikeaan kokooni"
« et puis je dois trouver mon chemin dans ce joli jardin »
"ja sitten minun täytyy löytää tieni tuohon ihanaan puutarhaan"
« Je suppose que je devrais manger ou boire quelque chose ou autre »
"Minun pitäisi kai syödä tai juoda jotain tai muuta"
« Mais la question est de savoir ce que je dois manger ou boire ? »
"Mutta kysymys kuuluu, mitä minun pitäisi syödä tai juoda?"
Alice regarda tout autour d'elle les fleurs
Liisa katseli ympärillään kukkia
et elle regarda à travers les brins d'herbe
ja hän katsoi ruohonkorsien läpi

mais elle ne voyait rien à manger ni à boire
Mutta hän ei nähnyt mitään syötävää tai juotavaa
Rien ne semblait être la bonne chose à manger ou à boire
Mikään ei näyttänyt oikealta syötävältä tai juotavalta
Il y avait un gros champignon qui poussait près d'elle
Hänen lähellään kasvoi suuri sieni
le champignon était à peu près de la même taille qu'Alice
sieni oli suunnilleen yhtä korkea kuin Alice
Elle s'étira sur la pointe des pieds
Hän venytti itsensä varpaille
Et elle jeta un coup d'œil par-dessus le bord du champignon
ja hän kurkisti sienen reunan yli
**Ses yeux rencontrèrent immédiatement les yeux d'une
grande chenille bleue**
Hänen silmänsä kohtasivat heti suuren sinisen toukan silmät
La chenille était assise sur le sommet du champignon
Toukka istui sienen päällä
et la chenille avait croisé tous ses bras
ja toukka oli ristinyt kaikki kätensä
et il fumait tranquillement un long narguilé
ja hän poltti hiljaa pitkää vesipiippua
et il ne faisait pas la moindre attention à rien
eikä hän kiinnittänyt pienintäkään huomiota mihinkään
et il n'a certainement pas fait attention à Alice
eikä hän todellakaan kiinnittänyt huomiota Aliceen

Les conseils d'une chenille
Neuvoja toukkalta

Finalement, la chenille a retiré le narguilé de sa bouche
Viimein toukka otti vesipiipun suustaan
et il s'adressa à Alice d'une voix languissante et endormie
ja hän puhutteli Liisa veltolla, uneliaalla äänellä
« Qui es-tu ? » demanda la chenille
"Kuka sinä olet?" kysyi toukka

Alice a répondu, plutôt timidement : « Je sais à peine, monsieur. »
Liisa vastasi melko ujosti: "Tuskin tiedän, herra."
« Juste pour le moment, c'est un peu... »
"Juuri tällä hetkellä kaikki on vähän..."
« Je sais qui j'étais quand je me suis levé ce matin" »
"Tiedän, kuka olin, kun nousin tänä aamuna""
« mais je pense que j'ai dû changer plusieurs fois depuis »
"mutta luulen, että minun on täytynyt muuttua useita kertoja sen jälkeen"
« Qu'est-ce que tu veux dire par là ? » dit la chenille

"Mitä tarkoitat sillä?" kysyi toukka

sévèrement, la chenille lui demanda de s'expliquer

Toukka pyysi häntä ankarasti selittämään itsensä

— Je ne peux pas m'expliquer, j'en ai peur, monsieur, dit Alice

"En voi selittää itseäni, pelkäänpä, herra", sanoi Liisa

« parce que je ne suis pas moi-même »

"koska en ole oma itseni"

« Vous voyez, être de tant de tailles différentes en une journée, c'est très déroutant »

"Katsos, niin monta eri kokoa päivässä on hyvin hämmentävää"

Elle se redressa et dit très gravement :

Hän veti itsensä ylös ja sanoi hyvin vakavasti:

« Je pense que tu devrais me dire qui tu es, en premier »

"Mielestäni sinun pitäisi ensin kertoa minulle, kuka olet"

« Pourquoi ? » demanda la chenille

"Miksi?" kysyi toukka

Alice ne voyait aucune bonne raison

Liisa ei keksinyt mitään hyvää syytä

et la chenille semblait être dans un état d'esprit très désagréable

ja toukka näytti olevan hyvin epämiellyttävässä mielentilassa

alors elle s'en retourna

Niinpä hän kääntyi pois

« Reviens ! » la chenille l'appela

"Tule takaisin!" toukka huusi hänen peräänsä

« J'ai quelque chose d'important à dire ! »

"Minulla on jotain tärkeää sanottavaa!"

Alice se retourna et revint

Liisa kääntyi ja tuli takaisin

« Garde ton sang-froid », dit la chenille

"Pidä malttisi", sanoi toukka

— C'est tout ? dit Alice

"Onko siinä kaikki?" kysyi Liisa

Et elle ravala sa colère de son mieux

ja hän nieli vihansa niin hyvin kuin pystyi

« Non, » dit la chenille
"Ei", sanoi toukka
La chenille déplia ses bras
Toukka avasi kätensä
Et il retira le narguilé de sa bouche
ja hän otti vesipiipun taas suustaan
et il a dit : « Vous pensez donc que vous avez changé, n'est-ce pas ? »
ja hän sanoi: "Joten luulet muuttuneesi, vai mitä?"
— J'ai peur, je suis changée, monsieur, dit Alice
»Minä pelkään, minä olen muuttunut, herra», sanoi Liisa
« Je ne me souviens plus des choses comme je m'en souvenais »
"En muista asioita samalla tavalla kuin ennen"
« et je ne reste pas plus de dix minutes de la même taille ! »
"enkä pysy samankokoisena yli kymmentä minuuttia!"
« Quelle taille veux-tu faire ? » demanda la chenille
"Minkä kokoinen haluat olla?" kysyi toukka
— Oh, ma taille ne me dérange pas particulièrement, répondit vivement Alice
"Voi, minua ei erityisesti haittaa se, minkä kokoinen olen", Liisa vastasi kiireesti
« Je n'aime pas changer de taille si souvent, vous savez »
"En vain pidä koon vaihtamisesta niin usein, tiedäthän"
« J'aimerais être un peu plus grand, monsieur »
"Haluaisin olla hieman suurempi, sir"
— Si cela ne vous dérange pas, ajouta Alice
"jos et pahastu", lisäsi Liisa
« Dix centimètres, c'est une taille si misérable »
"Kymmenen senttiä on niin surkea korkeus"
« C'est une très bonne hauteur en effet ! » dit la chenille avec colère
"Se on todella hyvä korkeus!" sanoi toukka vihaisesti
et il se redressa tout en parlant
ja puhuessaan hän kohotti itsensä pystyyn
Il mesurait exactement dix centimètres de haut
Hän oli tasan kymmenen senttiä korkea

Au bout d'une minute ou deux, la chenille s'est détachée du champignon

Minuutissa tai kahdessa toukka pääsi alas sienestä

et il s'enfonça en rampant dans l'herbe

ja hän ryömi pois ruohikolle

En s'éloignant, il fit quelques petites remarques

Kun hän meni pois, hän teki muutamia pieniä huomautuksia

« Un côté vous fera grandir »

"Toinen puoli saa sinut kasvamaan pidemmäksi"

« Et l'autre côté te fera rapetisser »

"Ja toinen puoli saa sinut lyhenemään"

« Un côté de quoi ? » pensa Alice en elle-même

"Minkä toinen puoli?" ajatteli Liisa itsekseen

« L'autre côté de quoi ? »

"Minkä toinen puoli?"

« Le côté du champignon », dit la chenille

"Sienen kyljessä", sanoi toukka

C'était comme si elle avait posé sa question à haute voix

Oli kuin hän olisi esittänyt kysymyksensä ääneen

et un instant plus tard, il fut hors de vue

ja toisessa hetkessä hän oli poissa näkyvistä

Alice resta pensivement à regarder le champignon

Liisa jäi katsomaan mietteliäänä sientä

Elle essayait de distinguer quels étaient les deux côtés du champignon

Hän yritti selvittää, mitkä olivat sienen kaksi puolta

Enfin, elle étendit ses bras autour du champignon

Viimein hän ojensi kätensä sienen ympärille

Et elle cassa un peu les bords

ja hän katkaisi hieman reunoja

« Et maintenant, de quel côté est-ce ? » se dit-elle

"Ja nyt, kumpi puoli on kumpi?" hän sanoi itsekseen

et elle grignota un peu du mors de la main droite

ja hän nauroi vähän oikeaa kättä

L'instant d'après, elle sentit un violent coup sous son menton

Seuraavassa hetkessä hän tunsi rajun iskun leukansa alla

Son menton avait heurté son pied !

Hänen leukansa oli osunut hänen jalkaansa!

Elle fut bien effrayée par ce changement très soudain

Hän pelästyi melkoisesti tätä hyvin äkillistä muutosta

Elle rétrécissait très rapidement

Hän kutistui hyvin nopeasti

Alors elle a rapidement mangé un peu de l'autre morceau de champignon

Joten hän söi nopeasti vähän muuta sieniä

Son menton était très serré contre son pied

Hänen leukansa painettiin hyvin tiukasti jalkaansa vasten

Il y avait à peine de la place pour ouvrir la bouche

Tuskin oli tilaa avata suutaan

mais elle parvint enfin à ouvrir la bouche

Mutta viimein hän onnistui avaamaan suunsa

et elle avala un morceau du mors de la main gauche

ja hän nielaisi palan vasemmanpuoleisesta palasta

« Ma tête a enfin été libérée ! » dit Alice

"Pääni on vihdoin vapautettu!" sanoi Liisa

Elle baissa les yeux sur elle-même

Hän katsoi alas itseensä

mais tout ce qu'elle pouvait voir, c'était une immense longueur de cou

mutta hän näki vain suunnattoman pitkän kaulan

Son cou semblait se dresser comme une tige

Hänen kaulansa näytti nousevan kuin varsi

et elle baissa les yeux sur une mer de feuilles vertes

ja hän katsoi alas vihreiden lehtien merelle

« Où sont passées mes épaules ? »

"Mihin olkapääni ovat joutuneet?"

« Et oh, mes pauvres mains, comment se fait-il que je ne puisse pas vous voir ? »

"Ja voi köyhät käteni, kuinka voin nähdä sinua?"

Mais son cou avait un avantage

Mutta hänen kaulallaan oli yksi etu

Elle pouvait bouger la tête dans n'importe quelle direction

Hän pystyi liikuttamaan päätään mihin tahansa suuntaan

En fait, elle était comme un serpent
Itse asiassa hän oli aivan kuin käärme
Elle zigzague gracieusement, la tête baissée
Hän siksakki sulavasti päänsä alas
et elle remua la tête à travers les arbres
ja hän liikutti päätään puiden läpi
Mais elle entendit alors un sifflement aigu
Mutta sitten hän kuuli terävän suhinan
Et elle tira rapidement la tête en arrière
ja hän veti nopeasti päänsä taaksepäin
Un gros pigeon lui avait volé au visage
Suuri kyyhkynen oli lentänyt hänen kasvoihinsa
et le pigeon était violemment avec ses ailes
ja kyyhkynen oli väkivaltaisesti siipiensä kanssa

« Serpent ! » cria le pigeon
"Käärme!" huusi kyyhkynen
« Je ne suis pas un serpent ! » dit Alice avec indignation
"Minä en ole käärme!" sanoi Liisa närkästyneenä
« Laisse-moi tranquille ! »

"Jätä minut rauhaan!"

« J'ai essayé les racines des arbres »

"Olen kokeillut puiden juuria"

— Et j'ai essayé des haies, continua le pigeon

"ja olen kokeillut pensasaitoja", kyyhkynen jatkoi

« Mais ces serpents ! Il n'y a pas moyen de leur plaire !

"Mutta ne käärmeet! Heitä ei voi miellyttää!"

Alice était de plus en plus perplexe

Liisa oli yhä ymmällään

« Comme si ce n'était pas assez compliqué de faire éclore les œufs », a déclaré le pigeon

"Ikään kuin munien kuoriutuminen ei olisi ollut tarpeeksi vaivalloista", kyyhkynen sanoi

« Nuit et jour, je dois aussi faire attention aux serpents ! »

"Yöllä ja päivällä minun täytyy varoa myös käärmeitä!"

« Je venais de trouver l'arbre le plus haut de la forêt »

"Olin juuri löytänyt metsän korkeimman puun"

« Je serais sûrement libre des serpents ici ? »

"Varmasti olisin vapaa käärmeistä täällä?"

« Et un serpent sort du ciel ! »

"Ja ulos tulee käärme taivaalta!"

« Mais je ne suis pas un serpent, je vous le dis ! » dit Alice

"Mutta minä en ole käärme, sanon minä!" sanoi Liisa

"Je suis un... Je suis un... Je suis une petite fille, ajouta-t-elle d'un air un peu dubitatif

"Minä olen... Minä olen... Olen pieni tyttö", hän lisäsi hieman epäilevästi

Après tout, elle avait traversé beaucoup de changements

Olihan hän käynyt läpi paljon muutoksia

« Tu cherches des œufs », dit le pigeon

"Sinä etsit munia", kyyhkynen sanoi

« Je le sais pertinemment »

"Tiedän sen varmasti"

« Et qu'importe que vous soyez une petite fille ou un serpent ? »

"Ja mitä väliä sillä on, oletko pieni tyttö vai käärme?"

— Cela m'importe beaucoup, dit Alice à la hâte

"Sillä on minulle suuri merkitys", sanoi Liisa kiireesti
« mais je ne cherche pas d'œufs, en l'occurrence »
"mutta en etsi munia, kuten tapahtuu"
« et je ne voudrais pas de tes œufs de toute façon »
"enkä haluaisi muniasi muutenkaan"
« Je n'aime pas mes œufs crus »
"En pidä munistani raakana"
« Eh bien, allez-vous-en ! » dit le pigeon d'un ton boudeur
"No, mene sitten pois!" kyyhkynen sanoi murheellisella
äänellä
et le pigeon se posa de nouveau dans son nid
ja kyyhkynen asettui jälleen pesäänsä
Alice s'accroupit parmi les arbres du mieux qu'elle put
Liisa kyyristyi puiden keskelle niin hyvin kuin pystyi
Son cou ne cessait de s'emmêler parmi les branches
Hänen kaulansa sotkeutui jatkuvasti oksien väliin
De temps en temps, elle devait s'arrêter et se tordre le cou
Aina silloin tällöin hänen täytyi pysähtyä ja vääntää niskaansa
Au bout d'un moment, elle se souvint du champignon
Hetken kuluttua hän muisti sienen
**Elle tenait toujours les morceaux de champignon dans ses
mains**
Hän piti edelleen sienenpaloja käsissään
et elle se mit à l'œuvre avec beaucoup de soin
ja hän ryhtyi työskentelemään hyvin huolellisesti
D'abord, elle a grignoté un morceau
Ensin hän nauroi yhtä kappaletta
puis elle grignota l'autre morceau
ja sitten hän nauroi toista kappaletta
Parfois, elle grandissait
Joskus hän kasvoi pidemmäksi
et parfois elle devenait plus petite
ja joskus hän lyheni
Mais finalement, elle a atteint sa taille habituelle
Mutta lopulta hän saavutti tavanomaisen pituutensa
Elle n'avait pas été de sa taille depuis un certain temps
Hän ei ollut ollut oma pituutensa vähään aikaan

Tout m'a semblé étrange pendant un moment
Joten kaikki tuntui oudolta jonkin aikaa
« La prochaine chose à faire est d'entrer dans ce beau jardin »
"Seuraava asia on päästä tuohon kauniiseen puutarhaan"
« Comment cela se fera-t-il, je me demande ? »
"Miten se voidaan tehdä, ihmettelen?"
En disant cela, elle tomba sur un endroit ouvert
Kun hän sanoi tämän, hän tuli avoimelle paikalle
Il y avait une petite maison, un peu plus haute qu'un mètre
Siellä oli pieni talo, hieman yli metrin korkuinen
« Je me demande qui habite cette petite maison »
"Ihmettelen, kuka asuu tässä pienessä talossa"
« Je ne peux certainement pas y aller aussi grand que je le suis »
"En todellakaan voi mennä sisään niin isona kuin olen"
« Je les effrayerais terriblement ! »
"Pelästyisin heitä kauheasti!"
alors elle grignota à nouveau le petit champignon
Niinpä hän naposteli taas pientä sieniä
et bientôt elle s'abaissa de trente centimètres
ja pian hän laski itsensä alas kolmekymmentä senttimetriä

Un cochon et du poivre
Sika ja pippuria

Pendant une minute ou deux, elle resta à regarder la maison
Minuutin tai kaksi hän seisoi katsellen taloa
Soudain, un valet de pied sortit en courant des bois
Yhtäkkiä jalkamies juoksi ulos metsästä
Il portait un uniforme de livrée spécial
Hänellä oli yllään erityinen väritysunivormu
à en juger par son seul visage, elle l'aurait traité de poisson
Pelkästään hänen kasvoistaan päätellen hän olisi kutsunut
häntä kalaksi
et il frappa bruyamment à la porte avec ses jointures
ja hän räpytti äänekkäästi ovea rystysillään
La porte fut ouverte par un autre valet de pied
Oven avasi toinen jalkamies
Ce valet de pied portait également une livrée spéciale
Myös tällä jalkamiehellä oli yllään erityinen väritys
**Ce valet de pied avait un visage rond et de grands yeux
comme une grenouille**
Tällä jalkamiehellä oli pyöreät kasvot ja suuret silmät kuin
sammakolla

**C'est le valet de pied qui ressemblait à un poisson qui a
initié la cérémonie**
Jalkamies, joka näytti kalalta, aloitti seremonian
Il sortit quelque chose de sous son bras
Hän veti jotain kainalostaan
et il tira de dessous son bras une enveloppe
ja hän veti kainalostaan kirjekuoren
et cette enveloppe, il la remit à l'autre valet de pied
ja tämän kirjekuoren hän ojensi toiselle jalkamiehelle
D'un ton cérémoniel, il lui donna les ordres
Seremoniallisella äänellä hän kertoi hänelle käskyt
« Ce message s'adresse à la duchesse »
"Tämä viesti on herttuattarelle"
« Une invitation de la reine à jouer au croquet »
"Kuningattaren kutsu pelata krokettia"
**Le valet de pied qui ressemblait à une grenouille répéta
l'ordre**
Sammakon näköinen jalkamies toisti käskyn
« De la reine »
"kuningattarelta"
« Une invitation »
"kutsu"
« pour la duchesse »
"Herttuattarelle"
« Jouer au croquet »
"Pelaa krokettia"
Puis ils s'inclinèrent tous les deux
Sitten he molemmat kumartuivat matalaksi
et les boucles de leurs perruques s'emmêlèrent
ja peruukkien kiharat sotkeutuivat yhteen
**Bientôt, le valet de pied qui ressemblait à un poisson a
disparu**
Pian jalkamies, joka näytti kalalta, oli poissa
**Mais le valet de pied qui ressemblait à une grenouille était
toujours là**
Mutta jalkamies, joka näytti sammakolta, oli edelleen siellä
Il était assis par terre près de la porte

Hän istui maassa oven lähellä
Il regardait bêtement le ciel
Hän tuijotti typerästi taivaalle
Alice s'approcha timidement de la porte et frappa
Liisa meni arasti ovelle ja koputti
— Il ne sert à rien de frapper, dit le valet de pied
"Ei ole mitään hyötyä koputtaa", sanoi jalkamies
« Et ce, pour deux raisons »
"Ja siihen on kaksi syytä"
« D'abord, parce que je suis du même côté de la porte que toi »
"Ensinnäkin siksi, että olen samalla puolella ovea kuin sinä"
« Deuxièmement, parce qu'ils font tellement de bruit à l'intérieur »
"Toiseksi, koska he pitävät niin paljon melua sisällä"
« Personne ne pouvait vous entendre »
"Kukaan ei mitenkään kuullut sinua"
Et il y avait certainement un bruit des plus extraordinaires à l'intérieur
Ja sisällä oli varmasti mitä erikoisin melu
des hurlements et des éternuements constants
jatkuva ulvonta ja aivastelu
et de temps en temps un bruit de grand fracas
ja aina silloin tällöin suuren kaatumisen ääni
comme si un plat ou une bouilloire avait été brisé en morceaux
ikään kuin astia tai vedenkeitin olisi hajonnut palasiksi
« Comment vais-je entrer ? » demanda Alice
"Miten pääsen sisään?" kysyi Liisa
— Faut-il que tu entres ? dit le valet de pied
"Pitäisikö sinun ylipäätään mennä sisään?" kysyi jalkamies
« C'est la première question, vous savez »
"Se on ensimmäinen kysymys, tiedäthän"
Alice ouvrit la porte et entra
Liisa avasi oven ja meni sisään
La porte menait directement à une grande cuisine
Ovi johti suoraan suureen keittiöön

La cuisine était pleine de fumée d'un bout à l'autre
Keittiö oli täynnä savua päästä päähän
au milieu de la cuisine se trouvait la duchesse
keskellä keittiötä oli herttuatar
Elle était assise sur un tabouret à trois pieds
Hän istui kolmijalkaisella jakkaralla
et elle allaitait un bébé
ja hän imetti vauvaa
Le cuisinier était penché au-dessus du feu
kokki kumartui tulen yli
Il remuait un grand chaudron
Hän sekoitti suurta kaldronia
et le chaudron semblait être plein de soupe
ja kaldron näytti olevan täynnä keittoa
**« Il y a certainement trop de poivre dans cette soupe ! » Alice
se dit**
"Siinä keitossa on varmasti liikaa pippuria!" Liisa sanoi
itsekseen
Elle l'a dit du mieux qu'elle a pu sans éternuer
Hän sanoi sen parhaansa mukaan aivastamatta
Même la duchesse éternuait de temps en temps
Jopa herttuatar aivasteli silloin tällöin
Mais les actions du bébé étaient les plus remarquables
Mutta vauvan toimet olivat merkittävimpiä
Le bébé éternuait et hurlait alternativement
vauva aivasteli ja ulvoi vuorotellen
**Il n'y avait pas un instant de pause entre les hurlements et
les éternuements**
ulvonnan ja aivastelun välillä ei ollut hetkeäkään taukoa
**Il y avait deux créatures dans la cuisine qui n'éternuaient
pas**
Keittiössä oli kaksi olentoa, jotka eivät aivastaneet
Le cuisinier était trop occupé pour éternuer
kokki oli liian kiireinen aivastamaan
et le gros chat ne semblait pas se soucier du poivre
ja suuri kissa ei näyttänyt välittävän pippurista
Au lieu de cela, le gros chat souriait d'une oreille à l'autre

Sen sijaan iso kissa virnisti korvasta korvaan

— Pourriez-vous me le dire, s'il vous plaît, dit Alice un peu timidement

"Voisitko kertoa minulle", sanoi Liisa hieman arasti

« Pourquoi ton chat sourit-il comme ça ? »

"Miksi kissasi virnistää tuolla tavalla?"

« C'est un Cheshire-Cat, » dit la duchesse

"Se on Cheshire-kissa", herttuatar sanoi

« Et c'est pourquoi il sourit d'une oreille à l'autre »

"Ja siksi hän virnistää korvasta korvaan"

« Je ne savais pas qu'un Cheshire-Cat souriait toujours »

"En tiennyt, että Cheshire-kissa virnisti aina"

« En fait, je ne savais pas que les chats pouvaient sourire », a déclaré Alice

"Itse asiassa en tiennyt, että kissat voivat virnistää", sanoi Alice

— Il y a beaucoup de choses que vous ne savez pas, dit la duchesse

"On paljon sellaista, mitä et tiedä", herttuatar sanoi

« Il y a beaucoup de choses que vous ne savez pas et c'est un fait »

"On paljon mitä et tiedä ja se on fakta"

Juste à ce moment-là, le cuisinier retira le chaudron de soupe du feu

Juuri silloin kokki otti keiton kaldronin tulesta

et aussitôt, elle commença à jeter tout ce qui était à sa portée

ja heti hän alkoi heittää kaiken ulottuvilleen

elle jeta tout ce qu'elle put sur la duchesse et le bébé

hän heitti kaikkensa herttuattarelle ja vauvalle

D'abord, elle jeta les fers à feu

Ensin hän heitti tuliraudat

Puis elle a jeté une poignée de casseroles

Sitten hän heitti kourallisen kattiloita

et enfin elle jeta les assiettes et les plats

ja lopulta hän heitti lautaset ja astiat

La duchesse ne fit pas attention à elle

Herttuatar ei kiinnittänyt häneen huomiota

Même lorsqu'elle a été frappée par une assiette, elle ne s'est

pas inquiétée
Jopa silloin, kun lautanen osui häneen, hän ei ollut huolissaan
Le bébé hurlait déjà tellement
vauva ulvoi jo niin paljon
Il était donc impossible de dire si les coups blessaient le bébé ou non
Joten oli mahdotonta sanoa, satuttivatko iskut vauvaa vai eivät
« Oh, je vous en prie, faites attention à ce que vous faites ! » s'écria Alice
"Voi, ole hyvä ja välitä siitä, mitä teet!" huudahti Liisa
et elle sautait de haut en bas dans une agonie de terreur
ja hän hyppäsi ylös ja alas kauhun tuskassa
la duchesse offrit le bébé à Alice
herttuatar tarjosi Alicelle vauvaa
« Ici ! Tu peux allaiter un peu le bébé, si tu veux !
"Täällä! Voit imettää vauvaa vähän, jos haluat!"
et elle lui lança l'enfant tout en parlant
ja hän heitti vauvan häntä kohti puhuessaan
« Je dois aller me préparer à jouer au croquet avec la reine »
"Minun täytyy mennä ja valmistautua pelaamaan krokettia kuningattaren kanssa"
et elle se hâta de sortir de la chambre
ja hän kiiruhti ulos huoneesta
Alice attrapa le bébé avec quelque difficulté
Alice sai vauvan kiinni vaikeuksin
parce que c'était une petite créature de forme très étrange
koska se oli hyvin oudon muotoinen pieni olento
et l'enfant tendit les bras et les jambes dans toutes les directions
ja vauva ojensi kätensä ja jalkansa kaikkiin suuntiin
« Je ferais mieux d'emmener cet enfant avec moi », pensa Alice
"Minun on parasta ottaa tämä lapsi mukaani", ajatteli Liisa
« Ils sont sûrs de tuer ce bébé dans un jour ou deux »
"He varmasti tappavat tämän vauvan päivässä tai kahdessa"
« Ne serait-ce pas un meurtre de laisser ce bébé derrière soi ?

»
"Eikö olisi murha jättää tämä vauva taakseen?"
Elle prononça les derniers mots à haute voix
Hän sanoi viimeiset sanat ääneen
Et la petite créature grogna en réponse
ja pieni asia murisi vastaukseksi
« Tu ferais mieux de ne pas te transformer en cochon, ma chère, » dit Alice
"Sinun on parasta olla muuttumatta siaksi, kultaseni", sanoi Liisa
« ou alors je n'aurai plus rien à faire avec toi »
"tai muuten minulla ei ole enää mitään tekemistä kanssasi"
Alice commençait à peine à penser en elle-même :
Liisa alkoi vasta ajatella itsekseen:
« Maintenant, que vais-je faire de cette créature, quand je la ramène à la maison ? »
"Mitä minun pitäisi tehdä tälle olennolle, kun saan sen kotiin?"
Mais alors la petite créature grogna un peu violemment
Mutta sitten pieni olento murisi hieman väkivaltaisesti
et Alice baissa les yeux sur son visage avec une certaine inquiétude
ja Liisa katsoi hätääntyneenä sen kasvoihin
Cette fois, il ne pouvait y avoir d'erreur à ce sujet
Tällä kertaa siitä ei voinut erehtyä
Ce n'était ni plus ni moins qu'un cochon
se ei ollut enempää eikä vähempää kuin sika
alors elle déposa la petite créature
Niinpä hän laski pienen olennon alas
et la petite créature s'éloigna tranquillement dans le bois
ja pieni olento ravasi hiljaa metsään
Alice se sentit tout à fait soulagée de voir la créature partir
Liisa tunsi olonsa helpottuneeksi nähdessään olennon menevän
Alice fut un peu surprise en voyant le Chat-Cheshire
Liisa säikähti hieman nähdessään Cheshire-kissan
Il était assis sur une branche d'arbre à quelques mètres de là
Se istui puun oksalla muutaman metrin päässä

Le chat ne sourit que lorsqu'il la vit
Kissa vain virnisti nähdessään hänet

« Chat du Cheshire », commença Alice un peu timidement
»Cheshire-kissa», aloitti Liisa hieman arkaillen

**« Pourriez-vous s'il vous plaît me dire dans quelle direction
je dois aller à partir d'ici ? »**
"Voisitteko ystävällisesti kertoa minulle, mihin suuntaan
minun pitäisi mennä täältä?"

« Dans cette direction », dit le chat
"Siihen suuntaan", kissa sanoi

et il agita la patte droite
ja se heilutti oikeaa tassua ympäri

**« C'est dans cette direction que vit un fabricant de
chapeaux »**
"Siihen suuntaan elää hattujen tekijä"

puis le chat agita son autre patte
Ja sitten kissa heilutti toista tassuaan

« Et dans cette direction vit un lièvre de marche »
"Ja siihen suuntaan elää marssijänis"

**« Visitez l'un ou l'autre de vos goûts ; Ils sont tous les deux
fous"**
"Käy jommassakummassa haluat; he ovat molemmat vihaisia"

— Mais je ne veux pas aller parmi des fous, remarqua Alice
"Mutta en halua mennä hullujen ihmisten joukkoon", Liisa
huomautti

« Oh, tu ne peux pas t'en empêcher, » dit le Chat
"Voi, et voi sille mitään", sanoi kissa

« Nous sommes tous fous ici »
"Olemme kaikki vihaisia täällä"

« Tu joues au croquet avec la reine aujourd'hui ? »
"Pelaatko krokettia kuningattaren kanssa tänään?"

— J'aimerais beaucoup, dit Alice
"Haluaisin kovasti", sanoi Liisa

« mais je n'ai pas encore été invité »
"mutta minua ei ole vielä kutsuttu"

« Tu me verras là-bas », dit le Chat
"Näet minut siellä", sanoi kissa

et d'un instant à l'autre le chat disparaissait
ja hetkestä toiseen kissa katosi
bientôt Alice arriva en vue de la maison du lièvre de marche
pian Liisa näki marssijäniksen talon
C'était une très grande maison
Tämä oli erittäin suuri talo
alors Alice ne voulait pas s'approcher de la maison
joten Liisa ei halunnut mennä talon lähelle
D'abord, elle a dû grignoter un peu plus du morceau de champignon du côté gauche
Ensin hänen piti napostella lisää vasemmanpuoleista sieniä

Un thé fou

Hullut teekutsut

Devant la maison, il y avait un arbre
Talon edessä oli puu
et sous l'arbre, il y avait une table
ja puun alla oli pöytä
et la table était dressée avec toutes sortes de couverts
ja pöytä oli katettu kaikenlaisilla ruokailuvälineillä
Le lièvre de mars et le chapelier étaient à table
Maaliskuun jänis ja hatuntekijä olivat pöydässä
et ensemble ils prenaient le thé
ja yhdessä he joivat teetä
Un loir était assis entre eux
Dormouse istui heidän välissään
et le loir dormait profondément
ja dormouse nukkui nopeasti
La table était d'une taille extraordinaire
Pöytä oli poikkeuksellisen kokoinen
mais la majeure partie de la table était inoccupée
Mutta suurin osa pöydästä oli tyhjä
Ils étaient assis serrés les uns contre les autres dans un coin de la table
He istuivat tungosta yhdessä pöydän yhdessä nurkassa
et pourtant ils s'excusaient quand ils voyaient Alice
ja kuitenkin he keksivät tekosyitä nähdessään Liisan
« Pas de place ! Pas de place ! » crièrent-ils
"Ei tilaa! Ei tilaa!" he huusivat
« Il y a beaucoup de place ! » dit Alice avec indignation
"Siellä on paljon tilaa!" sanoi Liisa närkästyneenä
À l'une des extrémités de la table, il y avait un grand fauteuil
Pöydän toisessa päässä oli suuri nojatuoli
et Alice s'assit dans le fauteuil
ja Liisa istuutui nojatuoliin
Le chapelier ouvrit de grands yeux
Hatuntekijä avasi silmänsä hyvin leveästi
Il n'arrivait pas à croire ce qu'il voyait

Hän ei voinut uskoa näkemäänsä
Mais son esprit était curieux d'autres choses
Mutta hänen mielensä oli utelias muista asioista
« Pourquoi un corbeau est-il comme un bureau ? »
"Miksi korppi on kuin kirjoituspöytä?"
Alice était prête à relever le défi
Alice oli avoin haasteelle
« Je suis content qu'ils aient commencé à poser des énigmes »
"Olen iloinen, että he ovat alkaneet kysellä arvoituksia"
— Je crois que je peux le deviner, ajouta-t-elle à haute voix
"Uskon, että voin arvata sen", hän lisäsi ääneen
Le lièvre de mars s'est curieux de connaître Alice
Marssijänis kiinnostui Liisasta
« Pensez-vous vraiment que vous pouvez trouver la réponse ? »
"Luuletko todella löytäväsi vastauksen?"
— Je crois que je peux trouver la réponse, en effet, dit Alice
"Luulen löytäväni vastauksen todellakin", sanoi Liisa
« Alors, tu devrais dire ce que tu veux dire », continua le lièvre de marche
"Sitten sinun pitäisi sanoa, mitä tarkoitat", marssijänis jatkoi
— Je dis ce que je pense, répondit vivement Alice
"Sanon kyllä, mitä tarkoitan", Liisa vastasi kiireesti
« à tout le moins, je pense ce que je dis »
"ainakin tarkoitan mitä sanon"
« C'est la même chose, vous savez »
"Se on sama asia, tiedäthän"
Le loir a également contribué à la conversation
Myös Dormouse osallistui keskusteluun
mais le loir semblait parler dans son sommeil
Mutta Dormouse näytti puhuvan unissaan
« Je respire quand je dors »
"Hengitän nukkuessani"
« Je dors quand je respire ! »
"Nukun, kun hengitän!"
« Autant dire qu'ils sont les mêmes aussi »

"Yhtä hyvin voisi sanoa, että nekin ovat samanlaisia"
« C'est la même chose pour toi », dit le chapelier
"Sama koskee sinua", sanoi hatuntekijä
Et il versa un peu de thé sur le nez du loir
ja hän kaatoi vähän teetä makuusalin nenään
Le Loir secoua la tête avec impatience
Dormouse pudisti päätään kärsimättömästi
et le loir parla de nouveau, sans ouvrir les yeux
Ja taas Dormouse puhui avaamatta silmiään
« Bien sûr, bien sûr que c'est la même chose »
"Tietenkin se on sama"
« C'est juste ce que j'allais dire moi-même »
"Se on juuri sitä, mitä aioin sanoa itse"

**Le chapelier se tourna vers Alice et lui posa une autre
question**
Hatuntekijä kääntyi Liisan puoleen ja esitti toisen kysymyksen
« As-tu déjà deviné l'énigme ? »
"Oletko jo arvannut arvoituksen?"
« Non, j'abandonne », a concédé Alice
"Ei, minä luovutan", Liisa myönsi
« Quelle est la réponse ? » voulait-elle savoir
"Mikä on vastaus?" hän halusi tietää
— Je n'en ai pas la moindre idée, dit le chapelier
"Minulla ei ole pienintäkään aavistustakaan", sanoi
hatuntekijä
« Moi non plus, » dit le lièvre de marche
»Enkä minä tiedä», sanoi marssijänis
Alice poussa un soupir de lassitude
Liisa huokaisi väsyneenä
**« Il y a de meilleures utilisations du temps que des énigmes
sans réponses »**
"On parempaa ajankäyttöä kuin arvoitukset ilman vastauksia"
**« Prends encore du thé », dit le lièvre de marche à Alice, très
sérieusement**
"Ota lisää teetä", marssijänis sanoi Liisalle hyvin vakavasti
Alice était assez offensée par l'offre
Liisa oli varsin loukkaantunut tarjouksesta
— Je n'ai pas encore pris de thé, répondit Alice
"En ole vielä juonut teetä", Liisa vastasi
« donc je ne peux plus prendre de thé »
"siksi en voi juoda enää teetä"
**— Vous voulez dire que vous ne pouvez pas prendre moins
de thé, dit le chapelier**
"Tarkoitatko, ettet voi juoda vähemmän teetä", sanoi
hatuntekijä
« C'est très facile de prendre plus que rien »
"On erittäin helppoa ottaa enemmän kuin ei mitään"
À ces mots, Alice se leva et s'en alla
Tässä vaiheessa Liisa nousi ylös ja käveli pois
Le loir s'endormit instantanément

Dormouse nukahti välittömästi
et ni l'un ni l'autre ne firent la moindre attention à son départ
eikä kumpikaan muista kiinnittänyt häneen pienintäkään huomiota
bien qu'elle ait regardé en arrière une ou deux fois
vaikka hän katsoi taaksepäin kerran tai kahdesti
Ils essayaient de mettre le loir dans la théière
He yrittivät laittaa dormousen teekannuun
« En tout cas, je n'y retournerai plus ! » dit Alice
"Joka tapauksessa, en enää koskaan mene sinne!" sanoi Liisa
et elle se fraya un chemin à travers les bois
ja hän käveli tiensä metsän läpi
« c'était le thé le plus stupide auquel j'aie jamais assisté »
"Ne olivat typerimmät teekutsut, joissa olen koskaan ollut"
Juste au moment où elle disait cela, elle remarqua quelque chose
Juuri kun hän sanoi tämän, hän huomasi jotain
L'un des arbres avait une porte qui y menait directement
Yhdessä puista oli ovi, joka johti suoraan siihen
« C'est très intéressant ! » a-t-elle pensé
"Se on hyvin mielenkiintoista!" hän ajatteli
« Je pense que je peux aussi bien passer la porte »
"Luulen, että voin yhtä hyvin mennä ovesta sisään"
Et elle passa par la porte
Ja oven läpi hän meni
Une fois de plus, elle se retrouva dans le long couloir
Vielä kerran hän löysi itsensä pitkästä salista
de nouveau, elle était près de la petite table de verre
Jälleen hän oli lähellä pientä lasipöytää
Elle prit la petite clé d'or
Hän otti pienen kultaisen avaimen
et elle ouvrit la porte qui donnait sur le jardin
ja hän avasi oven, joka johti puutarhaan
Puis elle s'est mise au travail pour grignoter le champignon
Sitten hän ryhtyi töihin nauramaan sieniä
Elle avait gardé un morceau du champignon dans sa poche

Hän oli pitänyt palan sientä taskussaan
Et finalement, elle mesurait environ un mètre
ja lopulta hän oli noin metrin pitkä
Puis elle descendit le petit couloir
Sitten hän käveli pientä käytävää pitkin
Et puis elle s'est finalement retrouvée dans le magnifique jardin
Ja sitten hän lopulta löysi itsensä kauniista puutarhasta
et elle était parmi les fleurs brillantes et les fontaines fraîches
ja hän oli kirkkaan kukan ja viileiden suihkulähteiden keskellä

Le terrain de croquet de la reine
Kuningattaren krokettimaa
Un grand rosier se dressait près de l'entrée du jardin
Suuri ruusupuu seisoi lähellä puutarhan sisäänkäyntiä
Les roses qui poussaient sur l'arbre étaient blanches
Puussa kasvavat ruusut olivat valkoisia
Mais il y avait trois jardiniers qui peignaient la rose
Mutta ruusua maalasi kolme puutarhuria
Ils étaient occupés à peindre les roses en rouge
He maalasivat ruusuja ahkerasti punaisiksi
et Alice les regardait peindre les roses en rouge
ja Liisa katseli heidän maalaavan ruusut punaisiksi
et soudain leurs yeux tombèrent par hasard sur Alice
ja äkkiä heidän silmänsä sattuivat osumaan Liisaan;
Alice parlait un peu timidement
Liisa puhui hieman arkaillen
« Pourriez-vous me le dire, s'il vous plaît ? »
"Voisitko kertoa minulle, kiitos;"
« Pourquoi peignez-vous tous ces roses ? »
"Miksi te kaikki maalaatte noita ruusuja?"
cinq et sept ne dirent rien, mais regardèrent deux
Viisi ja seitsemän eivät sanoneet mitään, mutta katsoivat kahta
deux d'entre eux parlèrent à voix basse
Kaksi puhui matalalla äänellä
— Eh bien, le fait est, voyez-vous, madame.
"Miksi, tosiasia on, näetkö, rouva"
« Celui-ci aurait dû être un rosier rouge »
"Tämän täällä olisi pitänyt olla punainen ruusupuu"
« Et nous avons mis un rosier blanc par erreur »
"Ja me laitoimme vahingossa valkoisen ruusupuun"
« Comme vous en conviendrez, la reine ne doit pas le découvrir »
"Kuten olet samaa mieltä, kuningatar ei saa saada selville"
« Sinon, nous aurions tous la tête tranchée »
"Muuten meiltä kaikilta katkaistaisiin pää"
« Alors vous voyez, madame, nous faisons de notre mieux »
"Joten näetkö, rouva, teemme parhaamme"

La cinquième carte avait regardé anxieusement à travers le jardin

Kortti viisi oli katsellut huolestuneena puutarhan poikki

À ce moment, la cinquième carte cria : « La dame ! La reine !

Tällä hetkellä kortti viisi huusi: "Kuningatar! Kuningatar!"

Et les trois jardiniers s'enfuirent aussitôt

ja kolme puutarhuria ryntäsivät heti pois

et ils se jetèrent à plat ventre

ja he heittäytyivät kasvoilleen

Il y eut un bruit de nombreux pas

Kuului monien askelten ääni

Alice regarda autour d'elle, impatiente de voir la reine

Liisa katseli ympärilleen innokkaana näkemään kuningattaren

Au début de la procession se trouvaient dix soldats

Kulkueen alussa oli kymmenen sotilasta

leurs mains et leurs pieds étaient dans les coins

heidän kätensä ja jalkansa olivat nurkissa

et dans leurs mains et leurs pieds étaient des massues

ja heidän käsissään ja jaloissaan olivat nuijat

Venaient ensuite les dix courtisans

Seuraavaksi tulivat kymmenen hovimiestä

Les courtisans étaient partout ornés de diamants

Hovimiehet koristettiin kaikkialla timanteilla

Après les courtisans sont venus les enfants royaux

Hovimiesten jälkeen tulivat kuninkaalliset lapset

Il y avait dix enfants royaux

Kuninkaallisia lapsia oli kymmenen

et tous les enfants royaux étaient ornés de cœurs

ja kaikki kuninkaalliset lapset oli koristeltu sydämillä

Venaient ensuite les invités ; principalement des rois et des reines

Seuraavaksi tulivat vieraat; enimmäkseen kuninkaita ja kuningattaria

et parmi les rois et la reine, Alice vit quelqu'un

ja kuninkaiden ja kuningattaren joukossa Alice näki jonkun

Elle revit le lapin blanc qu'elle avait chassé

Hän näki jälleen valkoisen kanin, jota hän oli jahdannut

Le cortège était suivi par le valet de cœur
Kulkuetta seurasi sydänten knave
Il portait la couronne du roi
Hän kantoi kuninkaan kruunua
et la couronne du roi était sur un coussin de velours cramoisi
ja kuninkaan kruunu oli karmiininpunaisella samettityynyllä
Et puis vint la fin de ce grand cortège
Ja sitten päättyi tämä suuri kulkue
Et là, à la fin, il y avait le Roi et la Reine de Cœur
ja siellä lopussa olivat sydänten kuningas ja kuningatar
le cortège arriva en face d'Alice
kulkue tuli Alicea vastapäätä
et ils s'arrêtèrent tous et la regardèrent
ja he kaikki pysähtyivät ja katsoivat häntä
et la reine dit sévèrement : « Qui est-ce ? »
Ja kuningatar sanoi vakavasti: "Kuka tämä on?"
Elle l'a dit au Valet de Cœur
Hän sanoi sen sydänten konnalle
Mais il s'est contenté de s'incliner et de sourire en réponse
Mutta hän vain kumarsi ja hymyili vastaukseksi
Alice parla très poliment
Liisa puhui hyvin kohteliaasti
« Je m'appelle Alice, alors faites plaisir à Votre Majesté »
"Nimeni on Alice, joten olkaa hyvä ja majesteettinne"
Mais elle avait d'autres pensées pour elle-même
mutta hänellä oli muita ajatuksia itselleen
« Ce n'est qu'un jeu de cartes, après tout ! »
"Nehän ovat loppujen lopuksi vain korttipaketti!"
« Savez-vous jouer au croquet ? » cria la reine
"Voitko pelata krokettia?" kuningatar huusi
La question était évidemment destinée à Alice
Kysymys oli ilmeisesti tarkoitettu Liisalle
— Oui ! dit Alice d'une voix forte
"Kyllä!" sanoi Liisa kovalla äänellä
« Venez jouer alors ! » rugit la reine
"Tule sitten leikkimään!" kuningatar karjui
une voix timide s'adressa à Alice

arka ääni puhui Liisalle
« C'est une très belle journée ! »
"Tämä on erittäin hieno päivä!"
Elle se promenait près du lapin blanc
Hän käveli valkoisen kanin ohi
et le Lapin Blanc jetait un coup d'œil anxieux sur son visage
ja Valkoinen Kani kurkisti huolestuneena hänen kasvoihinsa
« Une très belle journée, en effet, confirma Alice
"Erittäin hieno päivä", vahvisti Liisa
« Où est la duchesse ? »
"Missä herttuatar on?"
« Chut ! Chut ! dit le Lapin
"Hiljaa! Hiljaa!" sanoi jänis
« Elle est sous le coup d'une sentence d'exécution »
"Hän on teloitustuomion alla"
« Pourquoi est-elle exécutée ? » demanda Alice
"Minkä vuoksi hänet teloitetaan?" kysyi Liisa
« Elle a éraflé les oreilles de la reine », commença le lapin
"Hän naarmutti kuningattaren korvia", kani aloitti
cria la reine d'une voix de tonnerre
kuningatar huusi ukkosen äänellä
« Retournez à vos endroits ! »
"Mene paikoillesi!"
et les gens se mirent à courir dans toutes les directions
ja ihmiset alkoivat juosta ympäriinsä kaikkiin suuntiin
et ils tombèrent tous les uns contre les autres
ja he kaikki kaatuivat toisiaan vasten
Cependant, ils se sont calmés en une minute ou deux
He kuitenkin asettuivat asumaan minuutissa tai kahdessa
Et puis le jeu a commencé
Ja sitten peli alkoi
Alice n'avait jamais vu un terrain de croquet aussi curieux
Liisa ei ollut koskaan nähnyt niin kummallista krokettimaata
L'herbe n'était que crêtes et sillons
Ruoho oli pelkkiä harjanteita ja vakoja
Les boules de croquet étaient de vrais hérissons
Krokettipallot olivat oikeita siilejä

Et les maillets étaient de vrais flamants roses
ja vasarat olivat todellisia flamingoja
et les soldats se tinrent sur leurs mains et leurs pieds
ja sotilaat seisoivat käsillään ja jaloillaan
Parce que les arches ont été faites à partir de leurs corps
koska kaaret tehtiin heidän ruumiistaan
Les joueurs ont tous joué en même temps
Kaikki pelaajat pelasivat kerralla
Personne n'attendait son tour
Kukaan ei odottanut vuoroaan
et tout le monde se querellait avec tout le monde
ja kaikki riitelivät kaikkien kanssa
et tous se battaient pour les hérissons
ja kaikki taistelivat siilien puolesta
Bientôt, la reine fut dans une colère furieuse
Pian kuningatar oli raivoissaan
et elle s'est mise à piétiner et à crier
ja hän alkoi tömistellä ja huutaa
« Coupez-lui la tête ! »
"Leikkaa hänen päänsä irti!"
« Coupez-lui la tête ! »
"Leikkaa hänen päänsä irti!"
« Coupez-leur la tête ! »
"Leikkaa kaikki heidän päänsä irti!"
De nouveau, Alice pensa en elle-même
Liisa ajatteli taas itsekseen
« Ils sont affreusement friands de décapiter les gens ici »
"He ovat hirveän ihastuneita mestaamaan ihmisiä täällä"
**« Ce qui est très étonnant, c'est qu'il reste quelqu'un en vie !
»**
"Suuri ihme on, että kukaan on elossa!"
Elle cherchait un moyen de s'échapper
Hän etsi jonkinlaista pakotietä
Elle remarqua une curieuse apparition dans l'air
Hän huomasi uteliaan ulkonäön ilmassa
« C'est le chat du Cheshire », se dit-elle
"Se on Cheshire-kissa", hän sanoi itsekseen

« maintenant j'aurai quelqu'un à qui parler »
"Nyt minulla on joku, jolle puhua"
« Comment vas-tu ? » dit le chat
"Miten sinä pärjäät?" kysyi kissa
« Je ne pense pas qu'ils jouent du tout équitablement », a déclaré Alice
"Mielestäni he eivät pelaa ollenkaan reilusti", Alice sanoi
et elle avait un ton plutôt plaintif
ja hänellä oli melko valittava sävy
« Ils se querellent tous si affreusement »
"He kaikki riitelevät niin kauheasti"
« On ne s'entend pas parler »
"Ei kuule itsensä puhuvan"
« Et ils ne semblent pas jouer selon des règles »
"Eivätkä he näytä pelaavan millään säännöillä"
le chat a posé une question à Alice à voix basse
kissa kysyi Liisalta kysymyksen matalalla äänellä
« Comment aimez-vous la reine ? »
"Mitä pidät kuningattaresta?"
— Je ne l'aime pas du tout, dit Alice
"En pidä hänestä ollenkaan", sanoi Liisa

Alice pensa qu'elle ferait aussi bien d'y retourner
Liisa ajatteli, että hän voisi yhtä hyvin palata takaisin
Elle voulait voir comment le match se passait
Hän halusi nähdä, miten peli sujuu
Elle est partie à la recherche de son hérisson
Hän lähti etsimään siiliään
Le hérisson était occupé à combattre un autre hérisson
Siili oli kiireinen taistelemaan toista siiliä vastaan
C'était une excellente occasion
Tämä oli erinomainen tilaisuus
Elle pouvait croquer un hérisson avec l'autre
Hän voisi kroketti yhden siilin toisen kanssa
Mais son flamant rose était de l'autre côté du jardin
Mutta hänen flamingonsa oli puutarhan toisella puolella
Le flamant rose était plutôt maladroit
Flamingo oli melko kömpelö
Son flamant rose essayait de s'envoler dans un arbre
Hänen flamingonsa yritti lentää puuhun
Elle attrapa le flamant rose par la patte
Hän tarttui flamingoon jalasta
Et elle glissa le flamant rose sous son bras
ja hän työnsi flamingon kainalonsa alle
De cette façon, le flamant rose ne pouvait plus s'échapper
Näin flamingo ei voinut enää paeta
Juste à ce moment-là, Alice rencontra la duchesse
Juuri silloin Alice sattui tapaamaan herttuattaren
La duchesse était maintenant sortie de prison
Herttuatar oli nyt päässyt vankilasta
Elle glissa affectueusement son bras sous celui d'Alice
Hän työnsi kätensä hellästi Liisan kainaloon
puis ils sont partis ensemble
ja sitten he kävelivät pois yhdessä
Alice était très heureuse de la trouver d'une humeur si agréable
Alice oli erittäin iloinen löytäessään hänet niin miellyttävällä luonteella
Elle était cependant un peu surprise

Hän oli kuitenkin hieman hämmästynyt
Elle entendit la voix de la duchesse près de son oreille
Hän kuuli herttuattaren äänen lähellä korvaansa
« Tu penses à quelque chose, ma chérie »
"Ajattelet jotain, rakkaani"
« Et ça fait oublier de parler »
"Ja se saa sinut unohtamaan puhua"
« Le jeu se passe un peu mieux maintenant », a déclaré Alice
"Peli sujuu nyt paremmin", Alice sanoi
C'était une façon de poursuivre la conversation
Se oli yksi tapa pitää keskustelu käynnissä
— C'est vrai, dit la duchesse
"Niin se todellakin on", herttuatar sanoi
« Et la morale de cela est la suivante : »
"Ja sen opetus on tämä:"
« C'est l'amour qui fait tout ! »
"Rakkaus tekee kaiken!"
« L'amour est ce qui fait tourner le monde »
"Rakkaus on se, mikä saa maailman pyörimään"
Alice avait une autre explication
Liisalla oli toinen selitys
« C'est fait par tout le monde qui s'occupe de ses propres affaires ! »
"Sen tekee se, että jokainen huolehtii omista asioistaan!"
— Ah ! Vous pourriez avoir raison"
"No niin! Saatat olla oikeassa"
— Tout cela signifie à peu près la même chose, dit la duchesse
"Kaikki tarkoittaa paljolti samaa", herttuatar sanoi
et elle enfonça son petit menton pointu dans l'épaule d'Alice
ja hän kaivoi terävän pienen leukansa Liisan olkapäähän
« Et la morale de cela est la suivante »
"Ja sen opetus on tämä"
« Prendre soin du sens »
"Pidä huolta aistista"
« Et puis les sons prendront soin d'eux-mêmes »
"Ja sitten äänet huolehtivat itsestään"

Mais alors le bras de la duchesse se mit à trembler
Mutta sitten herttuattaren käsivarsi alkoi vapista
Alice leva les yeux et la reine se tenait là
Liisa katsahti ylös ja siinä seisoi kuningatar
La reine avait les bras croisés
Kuningattaren kädet olivat ristissä
Et elle fronçait les sourcils comme un orage !
ja hän kurtisti kulmiaan kuin ukkosmyrsky!
« Je vous préviens », cria la reine
"Annan teille reilun varoituksen", kuningatar huusi
et elle piétina le sol tout en parlant
ja hän kompastui maahan puhuessaan
« Soit ta tête, soit sa tête doit être coupée »
"Joko pääsi tai hänen päänsä täytyy olla irti"
« Faites votre choix ! »
"Tee valintasi!"
« Et soyez rapide à ce sujet »
"Ja ole nopea"
La duchesse fait son choix
Herttuatar teki valintansa
et au bout d'un instant la duchesse avait disparu
ja hetken kuluttua herttuatar oli poissa
Puis la reine s'adressa à Alice
Sitten kuningatar puhui Alicelle
« Continuons le jeu »
"Jatketaan peliä"
Alice était trop effrayée pour dire un mot
Liisa oli liian peloissaan sanoakseen sanaakaan
et elle la suivit lentement jusqu'au terrain de croquet
ja hän seurasi häntä hitaasti takaisin krokettikentälle
Pendant tout ce temps, la reine s'est querellée avec les autres joueurs
Koko ajan kuningatar riiteli muiden pelaajien kanssa
« Coupez-lui la tête ! »
"Leikkaa hänen päänsä irti!"
« Coupez-lui la tête ! »
"Leikkaa hänen päänsä irti!"

« Coupez-leur la tête ! »
"Leikkaa kaikki heidän päänsä irti!"
Bientôt, tous les joueurs ont été en garde à vue
Pian kaikki pelaajat olivat pidätettyinä
il ne restait que le roi, la reine et Alice
vain kuningas, kuningatar ja Alice jäivät
Puis la reine s'en alla, tout à fait essoufflée
Sitten kuningatar lähti, aivan hengästyneenä
et elle s'en alla avec Alice
ja hän käveli pois Liisan kanssa
Alice entendit le roi dire quelque chose
Liisa kuuli kuninkaan hiljaa sanovan jotain
« Vous êtes tous pardonnés »
"Teidät kaikki armahdetaan"
Mais soudain, un autre cri se fit entendre
Mutta yhtäkkiä kuului toinen huuto
« Le procès commence ! »
"Oikeudenkäynti on alkamassa!"
et Alice courut avec les autres
ja Liisa juoksi muiden mukana

Qui a volé les tartes ?

Kuka varasti tortut?

Le roi et la reine de cœur étaient assis

Sydänten kuningas ja kuningatar istuivat

ils étaient sur leur trône quand Alice arriva

he olivat valtaistuimellaan, kun Alice saapui

Il y avait une grande foule rassemblée autour d'eux

Heidän ympärilleen oli kerääntynyt suuri väkijoukko

Il y avait toutes sortes de petits oiseaux et de bêtes

Siellä oli kaikenlaisia pikkulintuja ja petoja

Et il y avait tout le paquet de cartes

Ja siellä oli koko korttipaketti

Le coquin se tenait devant eux, enchaîné

Konna seisoi heidän edessään, kahleissa

et il y avait un soldat de chaque côté pour le garder

ja kummallakin puolella oli sotilas vartioimassa häntä

près du roi était le lapin blanc

Kuninkaan lähellä oli valkoinen kani

Il avait une trompette dans une main

Hänellä oli pasuuna toisessa kädessään

et il avait un rouleau de parchemin dans l'autre main

ja hänellä oli pergamenttikäärö toisessa kädessään

Au milieu de la cour se trouvait une table

Aivan kentän keskellä oli pöytä

Sur la table, il y avait un grand plat de tartes

Pöydällä oli suuri ruokalaji torttuja

« J'aimerais qu'ils fassent le procès », pensa Alice

"Toivon, että he saisivat oikeudenkäynnin päätökseen", Alice ajatteli

« Alors nous pourrions manger quelques-uns de ces rafraîchissements ! »

"Sitten voisimme syödä niitä virvokkeita!"

Le juge, soit dit en passant, était le roi
Tuomari, muuten, oli kuningas
et il portait sa couronne sur sa grande perruque
ja hän kantoi kruunuaan suuren peruukkinsa päällä
« C'est le banc des jurés, pensa Alice
"Se on tuomaristo", ajatteli Liisa
« Et ces douze créatures, je suppose qu'elles sont les jurés »
"ja nuo kaksitoista olentoa, luulen, että he ovat valamiehiä"
certains étaient des animaux, et d'autres étaient des oiseaux
Jotkut olivat eläimiä ja jotkut lintuja
Juste à ce moment-là, le lapin blanc a crié
Juuri silloin valkoinen kani huusi
« Silence dans la cour ! »
"Hiljaisuus tuomioistuimessa!"
« Héraut, lisez l'accusation ! » dit le roi
"Airut, lue syytös!" sanoi kuningas
Le lapin blanc souffla trois coups de trompette
Valkoinen kani puhalsi kolme räjähdystä trumpetilla
Puis il déroula le parchemin
Sitten hän avasi pergamenttikäärön
Et il a lu ce qui suit :

ja hän luki seuraavasti:
« La reine de cœur, elle a fait des tartes, »
"Sydänten kuningatar, hän teki torttuja."
« Tout cela, elle l'a fait un jour d'été »
"Kaiken tämän hän teki kesäpäivänä"
« Le valet de cœur, il a volé ces tartes »
"Sydänten konna, hän varasti ne tortut"
« Et il a emporté ces tartes loin ! »
"Ja hän vei ne tortut kauas!"
« Appelez le premier témoin », dit le roi
"Kutsu ensimmäinen todistaja", kuningas sanoi
et le lapin blanc souffla trois coups de trompette
ja valkoinen kani puhalsi kolme räjähdystä trumpetille
« Amenez le premier témoin ! » cria-t-il
"Tuo ensimmäinen todistaja!" hän huusi
Le premier témoin était le chapelier
Ensimmäinen todistaja oli hatuntekijä
Il entra avec une tasse de thé dans une main
Hän tuli sisään teekuppi toisessa kädessään
et il avait un morceau de pain et de beurre dans l'autre main
ja hänellä oli pala leipää ja voita toisessa kädessään
« Tu aurais dû finir », dit le roi
»Teidän olisi pitänyt lopettaa», sanoi kuningas
« Quand avez-vous commencé ? »
"Milloin aloitit?"
Le chapelier regarda le lièvre de marche
Hatuntekijä katsoi marssijänistä
Le lièvre de marche l'avait suivi dans la cour
Maaliskuun jänis oli seurannut häntä pihaan
Il avait marché bras dessus bras dessous avec le loir
Hän oli kävellyt käsi kädessä DorMousen kanssa
« Le quatorzième mars, je crois, dit-il
"Neljästoista maaliskuuta, luulen, että se oli", hän sanoi
« Rendez votre témoignage », dit le roi
»Todistakaa», sanoi kuningas
« Et ne sois pas nerveux, ou je te ferai exécuter sur-le-champ »

"äläkä ole hermostunut, tai minä teloitan sinut paikan päällä"
Cela n'a pas semblé encourager du tout le témoin
Tämä ei näyttänyt rohkaisevan todistajaa lainkaan
Il n'arrêtait pas de se déplacer d'un pied sur l'autre
Hän siirtyi jatkuvasti jalasta toiseen
et il regarda la reine avec inquiétude
ja hän katsoi levottomana kuningatarta
et, dans sa confusion, il mordit un gros morceau de sa tasse de thé
ja hämmennyksessään hän puri suuren palan teekupistaan
En réalité, il voulait croquer dans son pain et son beurre
Oikeastaan hän aikoi purra leivästään ja voistaan
Juste à ce moment, Alice éprouva une sensation très curieuse
Juuri tällä hetkellä Alice tunsi hyvin utelias tunne
Elle commençait à grossir à nouveau
Hän alkoi taas kasvaa suuremmaksi
Le misérable chapelier laissa tomber sa tasse de thé
Kurja hatuntekijä pudotti teekuppinsa
et le pain et le beurre tombèrent à terre
ja leipä ja voi putosivat maahan
et il mit un genou à terre
ja hän laskeutui polvilleen
« Je suis un pauvre homme, Votre Majesté », a-t-il commencé
"Minä olen köyhä mies, teidän majesteettinne", hän aloitti
« Vous êtes un bien mauvais orateur, » dit le roi
"Sinä olet hyvin huono puhuja", kuningas sanoi
« Tu peux y aller, » dit le roi
»Saatte lähteä», sanoi kuningas
et le chapelier quitta précipitamment la cour
ja hatuntekijä lähti kiireesti tuomioistuimesta
« Appelez le témoin suivant ! » dit le roi
"Kutsu seuraava todistaja!" kuningas sanoi
Le témoin suivant fut le cuisinier de la duchesse
Seuraava todistaja oli herttuattaren kokki
Elle portait la poivrière à la main
Hän kantoi pippurilaatikkoa kädessään
et les gens près de la porte se mirent à éternuer tout à coup

ja oven lähellä olevat ihmiset alkoivat aivastella kerralla
« Rendez votre témoignage », dit le roi
»Todistakaa», sanoi kuningas
— Je ne donnerai aucun témoignage, dit le cuisinier
»Minä en tahdo todistaa», sanoi kokki
Le roi regarda anxieusement le lapin blanc
Kuningas katsoi huolestuneena valkoista kania
Et le lapin blanc parlait d'une voix douce
ja valkoinen kani puhui hiljaisella äänellä
« Votre Majesté doit contre-interroger ce témoin »
"Majesteettinne täytyy ristikuulustella tätä todistajaa"
« Eh bien, s'il le faut, il le faut, » dit le roi
"No, jos minun täytyy, minun täytyy", kuningas sanoi
« De quoi sont faites les tartes ? »
"Mistä tortut on tehty?"
**« Les tartes sont faites de poivre, principalement », a déclaré
le cuisinier**
"Tortut valmistetaan enimmäkseen pippurista", kokki sanoi
**Pendant quelques minutes, toute la cour fut dans la
confusion**
Muutaman minuutin ajan koko tuomioistuin oli sekaisin
Finalement, ils se sont tous calmés
Lopulta he kaikki asettuivat jälleen aloilleen
Mais à ce moment-là, le cuisinier avait disparu
Mutta siihen mennessä kokki oli kadonnut
« N'importe ! » dit le roi
"Älä välitä!" sanoi kuningas
« Appel à la barre du prochain témoin »
"Kutsu korokkeelle seuraava todistaja"
Alice regarda le lapin blanc qui tâtonnait sur la liste
Liisa katseli valkoista kania, kun tämä haparoi listaa
**Vous pouvez imaginer sa surprise à ce qu'elle a entendu
ensuite**
Voit kuvitella hänen hämmästyksensä siitä, mitä hän kuuli
seuraavaksi
à tue-tête de sa petite voix aiguë, il appela le nom « Alice ! »
kimeän pienen äänensä huipulla hän kutsui nimeä "Alice!"

Le témoignage d'Alice
Alicen todisteet

« Ici ! » s'écria Alice
"Tässä!" huudahti Liisa
Elle se leva d'un bond en toute hâte
Hän hyppäsi ylös suurella kiireellä
et elle renversa le banc des jurés
ja hän kaatui tuomariston laatikon yli
et elle renversa tous les jurés
ja hän kaatoi kaikki tuomarit
et ils tombèrent sur la tête de la foule en bas
ja he putosivat alla olevan väkijoukon päähän
Alice était dans un grand désarroi
Liisa oli suuressa tyrmistyksessä
« Oh ! je vous demande pardon ! » s'écria-t-elle
"Voi, pyydän anteeksi!" hän huudahti
« Le procès ne peut pas avoir lieu », dit le roi
"Oikeudenkäynti ei voi jatkua", kuningas sanoi
« Les jurés doivent retourner à leur place »
"Tuomariston on palattava oikeille paikoilleen"
Il répéta l'ordre avec beaucoup d'emphase
Hän toisti käskyn hyvin painokkaasti
et il regarda Alice d'un air sévère
ja hän katsoi Liisa ankarasti
« Que savez-vous de ces événements ? » demanda le roi à Alice
"Mitä sinä tiedät näistä tapahtumista?" kuningas kysyi Liisalta.
— Je ne sais rien à ce sujet, dit Alice
»Minä en tiedä siitä mitään», sanoi Liisa
Le roi lut ensuite un extrait de son livre
Sitten kuningas luki kirjastaan
« Règle quarante-deux »
"Sääntö neljäkymmentäkaksi"
« Toutes les personnes de plus d'un kilomètre de haut doivent quitter le tribunal »
"Kaikkien yli mailin korkuisten henkilöiden on poistuttava kentältä"

« Je ne suis pas à un mille de haut, » dit Alice
"En ole mailin korkuinen", sanoi Liisa
« Près de deux milles de haut », dit la reine
"Lähes kahden mailin korkuinen", kuningatar sanoi

— Eh bien, je refuse d'y aller, dit Alice
"No, minä kieltäydyn lähtemästä", sanoi Liisa
Le roi pâlit
Kuningas muuttui kalpeaksi
et il ferma précipitamment son carnet
ja hän sulki kiireesti muistikirjansa
« Considérez votre verdict », a-t-il dit au jury
"Harkitse tuomiotasi", hän sanoi valamiehistölle
Il parlait d'une voix basse et tremblante
Hän puhui matalalla, vapisevalla äänellä
Puis le lapin blanc prit la parole
Sitten valkoinen kani puhui
« Il y a encore plus de preuves à venir »
"Lisää todisteita on vielä tulossa"
et il se leva d'un bond en toute hâte

ja hän hyppäsi ylös suurella kiireellä
« Ce papier vient d'être retiré »
"Tämä paperi on juuri noudettu"
« On dirait que c'est une lettre écrite par le prisonnier »
"Se näyttää olevan vangin kirjoittama kirje"
Il déplia le papier tout en parlant
Hän avasi paperin puhuessaan
« Ce n'est pas une lettre, après tout »
"Sehän ei ole kirje"
« Ce que c'était, c'était un ensemble de versets »
"Se oli joukko jakeita"
« S'il vous plaît, Votre Majesté », dit le coquin
»Olkaa hyvä, majesteettinne», sanoi konna
« Je n'ai pas écrit ces vers »
"En kirjoittanut niitä jakeita"
**« et ils ne peuvent pas prouver que j'ai écrit quoi que ce
soit »**
"eivätkä he voi todistaa, että kirjoitin mitään"
« Il n'y a pas de nom signé à la fin »
"Lopussa ei ole allekirjoitettua nimeä"
Le roi parla au fripon
Kuningas puhui konnalle
« Vous avez dû vouloir causer des méfaits »
"Sinun on täytynyt olla tarkoitus aiheuttaa pahaa"
**« Sinon, tu aurais signé ton nom comme un honnête
homme »**
"muuten olisit allekirjoittanut nimesi kuin rehellinen mies"
Il y eut un claquement général de mains
Kuului yleinen käsien taputtelu
Et le roi se tourna vers le lapin blanc
ja kuningas kääntyi valkoisen kanin puoleen
« Lisez les vers », ordonna-t-il
"Lue jakeet", hän käski
Il y eut un silence de mort dans la cour
Oikeudessa vallitsi kuollut hiljaisuus
et le lapin blanc lut les versets
ja valkoinen kani luki jakeet

Ils m'ont dit que vous étiez allé chez elle
He kertoivat minulle, että olit käynyt hänen luonaan
Et ils lui parlèrent de moi
Ja he mainitsivat minut hänelle
Elle m'a donné un bon caractère
Hän antoi minulle hyvän luonteen
Mais elle a dit que je ne savais pas nager
Mutta hän sanoi, etten osannut uida
Il leur a fait savoir que je n'étais pas parti
Hän lähetti heille sanan, etten ollut mennyt
Nous savons que c'est vrai
Tiedämme sen olevan totta
Si elle poussait l'affaire, que deviendriez-vous ?
Jos hän ajaisi asiaa eteenpäin, mitä sinusta tulisi?
Je lui en ai donné un, ils lui en ont donné deux
Annoin hänelle yhden, he antoivat hänelle kaksi
Vous nous en avez donné trois ou plus
Annoit meille kolme tai enemmän
Ils sont tous revenus de sa part vers vous
He kaikki palasivat häneltä luoksesi
bien qu'ils aient été les miens avant
vaikka he olivat minun ennen
Si j'avais la chance d'être
Jos minä tai hän sattuisin olemaan
Si j'étais impliqué dans cette affaire
Jos minä tai hän olisi sekaantunut tähän tapaukseen
Il compte en vous pour les libérer
Hän luottaa siihen, että vapautat heidät
Exactement comme nous étions
Juuri sellaisia kuin olimme
Mon idée, c'est que vous aviez été
Minun käsitykseni oli, että olit ollut
Avant qu'elle n'ait cette crise
Ennen kuin hänellä oli tämä kohtaus
Un obstacle qui s'est dressé entre
Este, joka tuli väliin
Lui, et nous-mêmes, et cela

Hän, ja me itse, ja se
Ne lui faites pas savoir qu'elle les aimait mieux
Älä kerro hänelle, että hän piti niistä eniten
Car cela doit être à jamais un secret, caché à tous les autres
Sillä tämän täytyy ikuisesti olla salaisuus, joka pidetään
salassa kaikelta muulta
Ce secret doit rester un secret entre vous et moi
Tämän salaisuuden täytyy pysyä salaisuutena sinun ja minun
välillä
Le roi était très impressionné
Kuningas oli hyvin vaikuttunut
**« C'est la preuve la plus importante que nous ayons
entendue jusqu'à présent »**
"Se on tärkein todiste, jonka olemme tähän mennessä kuulleet"
**— Je ne crois pas que ces vers aient un atome de sens,
objecta Alice**
"En usko, että noissa jakeissa on merkityksen atomia", Liisa
vastusti
le roi avait sa propre opinion sur la question
kuninkaalla oli oma mielipiteensä asiasta
**« S'il n'y a pas de sens dans ces mots, cela sauve un monde
de problèmes »**
"Jos noilla sanoilla ei ole merkitystä, se säästää maailman
ongelmia."
**« Alors nous n'avons pas besoin d'essayer de trouver le
sens »**
"Silloin meidän ei tarvitse yrittää löytää merkitystä"
« Laissons le jury délibérer sur son verdict »
"Anna valamiehistön harkita tuomiotaan"
« Non, non ! » dit la reine
"Ei, ei!" kuningatar sanoi
« La condamnation d'abord, le verdict ensuite »
"Tuomio ensin – tuomio sen jälkeen"
« Des bêtises et des bêtises ! » dit Alice à haute voix
"Tavaraa ja hölynpölyä!" sanoi Liisa kovaan ääneen
« Comme il est stupide de condamner l'accusé en premier ! »
"Kuinka typerää on tuomita vastaaja ensin!"

« Tais-toi ! » dit la reine en devenant violette

"Pidä kielestäsi kiinni!" kuningatar sanoi muuttuen violetiksi

« Je ne me tairai pas ! » dit Alice

"Minä en pidättele kieltäni!" sanoi Liisa

cria la reine à tue-tête

kuningatar huusi äänensä huipulla

« Coupez-lui la tête ! »

"Leikkaa hänen päänsä irti!"

Personne n'a fait un mouvement

Kukaan ei tehnyt liikettä

« Qui se soucie de ce que vous dites ? » dit Alice

"Ketä kiinnostaa, mitä sanot?" kysyi Liisa

Elle avait atteint sa taille maximale à ce moment-là

Hän oli kasvanut täyteen kokoonsa tähän mennessä

« Tu n'es rien d'autre qu'un jeu de cartes ! »

"Olet vain korttipaketti!"

À ces mots, toutes les cartes se levèrent dans les airs

Tässä vaiheessa kaikki kortit nousivat ilmaan

et toutes les cartes s'abattaient sur elle

ja kaikki kortit lensivät hänen päälleen
Elle poussa un petit cri
Hän huusi vähän
Elle était à moitié effrayée, mais aussi en colère
Hän oli puoliksi peloissaan, mutta myös vihainen
Et elle a essayé de se battre contre les cartes
ja hän yritti taistella kortit pois itsestään
puis elle se retrouva allongée sur le talus d'herbe
Ja sitten hän löysi itsensä makaamasta nurmikolla
Sa tête était sur les genoux de sa sœur
Hänen päänsä oli sisarensa sylissä
Des feuilles mortes s'étaient posées sur son visage
Jotkut kuolleet lehdet olivat laskeutuneet hänen kasvoilleen
et sa sœur balayait doucement les feuilles
ja hänen sisarensa harjasi lehtiä varovasti pois
« Réveille-toi, ma chère Alice ! » dit sa sœur
"Herää, Liisa rakas!" sanoi hänen sisarensa
« Quel long sommeil tu as eu ! »
"Kuinka kauan sinulla onkaan ollut!"
« Oh, j'ai fait un rêve si curieux ! » dit Alice
"Voi, olen nähnyt niin omituisen unen!" sanoi Liisa
Et elle raconta à sa sœur tout ce qu'elle pouvait se rappeler
Ja hän kertoi sisarelleen kaiken, mitä hän muisti
toutes les étranges aventures que vous venez de lire
Kaikki oudot seikkailut, joista olet juuri lukenut
Alice se leva et s'enfuit en courant
Liisa nousi ylös ja juoksi karkuun
et elle pensait, tout en courant, à son rêve
ja juostessaan hän ajatteli untaan
« Quel rêve merveilleux cela avait été ! »
"Mikä ihana uni se olikaan ollut!"

www.ingramcontent.com/pod-product-compliance
Lightning Source LLC
Chambersburg PA
CBHW011048190726
48290CB00011B/3055

9 781835 668061